KB050917

monster link

몬스터 링크 ¹

초판 1쇄 인쇄일 2015년 5월 20일 ｜ **초판 1쇄 발행일** 2015년 5월 22일

지은이 철 민 ｜ **펴낸이** 곽중열 ｜ **담당편집 팀장** 이범수
편집부 신연제 이윤아 김호성 김은경

펴낸곳 (주)조은세상 ｜ **출판등록** 제 2002-23호
주소 경기도 연천군 미산면 청정로 1355
TEL 편집부 02)587-2966 ｜ FAX 02)587-2922
e-mail bukdu@comics21c.co.kr

ⓒ철 민 2015
ISBN 979-11-5832-071-3 ｜ ISBN 979-11-5832-070-6(set) ｜ 값 8,000원

몬스터 링크

철민喆敏 판타지 장편소설

NEO FANTASY STORY

monster link

북두

㈜ 호로세상

CONTENTS
NEO FANTASY STORY

monster link

monster link

몬스터
링크

프롤로그

NEO FANTASY STORY

프롤로그
monster link

　세상에 별에 별, 천차만별의 능력들이 존재하지만 북방의 이민족들이 사용하는 것만큼 특별한 것은 본 적이 없었다. 그들은 마나연공법으로 무장한 기사들을 상대로 단 일격에 초토화시키는 괴상한 능력을 지녔다.

　기사로 성공하지 못하고 천대 받던 나는 그 능력이 탐이 나기 시작했다. 내 재산을 바치고 북방의 이민족이 되기 위해 내 남은 인생을 바치기로 마음을 먹었다.

　그들은 시간이 지날수록 점차 낯선 이방인인 나에게 마음을 열었다. 그러자 그들은 조금씩 내가 알고 싶었던 비밀들에 대해 얘기하기 시작했다.

　그들이 말하길 몬스터의 뛰어난 신체 능력이나 종족의

특별한 기술을 훔쳐오는 것이라 하였는데 그것을 링크 (Link)라고 불렀다.

  하지만, 그들은 그 능력에 대한 대가를 알려 주었다. 난 그 얘기를 듣고 한 참 고민을 하다 결국 북방의 이민족을 떠났다.

  내 남은 수명의 절반.

  그것은 가혹한 그 능력의 대가였다.

monster link

몬스터
링크

링크

NEO FANTASY STORY

링크
monster link

"으, 춥다."

펜릴은 삽을 들었다.

3년 동안 돌봐주던 영감이 죽었다. 뭐하나 제대로 해주
지도 않고 매일 역정만 내던 영감이긴 했는데 죽고 나니
입 안 어딘가가 쓰다.

사람 된 도리로써 양지바른 곳에 묻어줄 마음은 생긴다.

펜릴은 집 뒤에 있는 공터로 발걸음을 옮겼다. 마을까지
내려가기 귀찮다고 몇몇 작물을 재배했는데, 지금은 겨울
이라고 휴식기다. 이 텃밭을 지독히도 아끼던 영감 얼굴이
떠올라 이곳에 묻어줄 생각이다.

펜릴은 삽머리를 발바닥으로 누르며 적당한 크기의 땅

을 팠다. 3년간이나 같이 살고 그 사람의 무덤을 만드는 일인데 어찌 된 일인지 별 다른 감흥은 없다.

괴상한 영감이었다.

밤늦게 잠을 자고, 아침 일찍 일어난다.

펜릴은 그저 영감이 나이가 들어 새벽잠이 없거니 생각했다.

그러다 하루는 궁금해서 이유를 물어봤더니 영감은 '나의 하루는 너의 이틀과 같다.' 라는 말을 했다.

웃긴 얘기다.

그 어떤 사람이든 간에 시간은 같은 개념이 아니었던가.

펜릴은 등 뒤에 따가운 시선을 느꼈지만, 무덤이 완성되기 전 까지 무시했다.

그 사람은 펜릴의 행동을 유심히 쳐다보았다.

이 근처에 사는 산적은 아니다. 말도 없고, 뭔가 짐승에게서 느껴지는 느낌도 들지 않는다.

펜릴은 바닥 밑에 나무판을 깔고 그 위에 영감의 시체를 눕혔다. 관까지 만들 재주는 없으니, 이 정도만으로 만족한다. 흙을 고르게 덮고 말뚝까지 박아서야 무덤이 완성된다.

"잘가요, 영감."

펜릴은 짧게 작별인사를 했다.

열두 살.

그 어린 나이에 부모형제 모두 잃고 바깥에 버려진 자신을 주워온 건 그래도 영감이었다.

소매로 이마를 훔치며 한숨 돌린 펜릴이 고개를 뒤로 돌렸다.

"뭡니까."

괴팍한 영감만큼이나 이상하게 생긴 남자가 서있었다.

산 밑은 봄이 찾아왔을 지도 모르지만, 아직 산속은 겨울이 가시지 않았다. 아직도 근처에는 눈이 가득하다. 그런데 옷이라고는 소매와 허벅지를 드러낸 옷이다. 여름, 어디 유명한 휴양지에서나 볼법한 차림새다.

"그 노인네, 어떻게 죽었지?"

남자의 말에 펜릴이 눈썹을 찡그렸다.

"영감이랑 아는 사입니까?"

"한 때는."

"자살했는데요."

아침에 일어나니 영감은 이미 죽고 난 뒤였다. 스스로 심장을 찔러 죽기 전 까지, 펜릴과 단 한 마디도 없었으니 영감과 그의 사이를 짐작해볼만 하다.

"운이 좋군."

남자는 영감의 무덤을 한 동안 바라보더니 다시 펜릴을 향해 고개를 돌렸다.

"노인네가 살아생전 사용하던 물건들은?"

"영감의 물건이라면 방에 정리해놨으니 찾아가 보십쇼."

남자는 곧장 방 안으로 들어갔다.

펜릴이 정리해놨다고 얘기했지만, 방 안은 난장판이었다. 갖가지 책이나 지도들이 어지럽혀져 있고 당최 알 수 없는 문자로 된 양피지들이 보였다. 곳곳에는 손톱자국으로 보이는 흔적들이 보였다.

펜릴은 영감의 물건은 하나도 건드리지 않았다. 그저 시체와 피만 정리했을 뿐이다.

그건 그와 영감 사이의 최소한의 예의다.

영감은 3년 동안 펜릴을 거둬 키우며 사냥을 가르쳤다.

활을 사용하거나 가죽을 벗기는 법, 동물을 추적하는 법, 그리고 야간에 은밀하게 움직이는 방법까지.

그 대가로 펜릴은 작물을 키우고 마을에 내려가 필요한 생필품을 구입하며 식사를 책임졌다.

그 외에는 펜릴과 영감의 그 어떠한 교류도 없었다.

철저하게 자신들이 필요한 것을 위주로 요구했을 뿐이다.

잠도 따로 잤다.

영감은 통나무집에서 자고, 펜릴은 그 옆에 작은 오두막을 짓고 살았다.

남자는 영감이 모아두었던 책과 양피지, 그리고 지도들

을 모조리 가방에 넣었다. 그리고 아무 일도 없었다는 듯 집밖으로 나왔다.

"그냥 갑니까?"

펜릴은 떠나는 남자의 발을 붙잡았다.

"그럼?"

"어느날 영감이 자신과 똑같은 문신을 한 남자가 찾아 와 물건을 가져가면 쫓아가라던데요."

"그 미친 노인네……."

남자는 노골적으로 펜릴의 위아래를 훑어보았다.

문신을 알아보는 것으로 보아 눈이 밝고 시야가 넓다.

골고루 영양분을 흡수해 키도 체격도 제법이다. 노인네 가 사냥을 가르쳤을 테니, 활이나 칼을 제법 사용할 줄 알 테고 감정기복도 크게 없는 것으로 보아 정도 붙이지 않은 것 같다.

문신은 알되, 그것이 각인의 주술이라는 것을 알아보지 못하는 것으로 보아 링커는 아니다.

우스운 일이다.

만약 링커라면 노인네가 모으던 자료들을 모르는 사람 에게 쉽게 내줄 리는 없다.

알만하다.

노인네는 저 아이를 링커(Linker)로 만들기 위해 데려 왔다.

그리고 북방의 이민족들의 언어를 가르치고 사냥술을
가르치며 체격과 적절한 나이가 되기를 기다렸을 것이다.
물론 그전에 자신의 수명이 다해 저 아이를 부탁하고 자살
했다.

"따라와라."

남자의 말은 그것으로 끝이었다.

펜릴은 자신의 짐을 정리할 시간도 없이 남자의 뒤를 졸
졸 쫓았다.

삼년 전에도 그랬다.

영감은 갑자기 불쑥 나타나더니 따라오라는 말 한 마디
만 했다.

펜릴은 그때나 지금이나 다를 게 없는 선택을 했다.

"같이 가요."

뒤는 돌아보지 않았다.

◆

"저 산등성만 지나면 내 집이 나온다. 그곳에서 1년 정
도 있을 생각이다."

"예."

펜릴은 남자를 따라 한 달을 돌아다녔다. 알게 된 게 몇
가지 있었는데, 그 남자의 이름은 라크였다. 라크는 영감

과 공통된 몇 가지가 있었다.

첫째는 시간을 굉장히 소중하게 생각한다는 점이다. 무엇하나 허투루 시간을 낭비하지 않는다. 펜릴 보다 늦게 잠에 들고, 그리고 펜릴 보다 빨리 일어난다. 손이나 눈을 보면 항상 무언가를 하고 있다.

사냥 기술도 뛰어났다. 펜릴 보다 몇 배는 빠르게 움직이고 더 높이, 멀리 뛰었다. 도저히 인간이라면 따라할 수 없는 기묘한 기술이었다.

펜릴은 궁금증이 목구멍까지 올라왔다. 영감은 이 질문에 대답해 주지 않았다. 하지만, 한 달간 같이 돌아다닌 라크의 성격으로 보아 대답은 해줄 것 같았다.

"라크는 어떻게 그렇게 움직일 수 있는 거예요?"

라크는 자신의 팔에 있는 문신을 가리켰다.

"각인의 주술이라는 문신이다. 가진 재능에 따라 다르지만 보통 하나 내지 둘, 가끔 셋 이상의 문신을 신체 부위에 새겨 각성시킬 수 있다."

라크의 문신은 세 개다.

목과 팔, 그리고 다리.

자세히 본건 아니었지만 영감은 둘 이었다.

팔과 다리.

재능이라고 한다면 영감보다는 라크가 분명히 더 뛰어난 능력을 지니고 있다고 봐야했다.

"네가 본 능력은 내 다리에 새겨진 랩터(Rapter)의 능력이다. 인간보다 수 배, 혹은 수 십 배를 빠르게 뛸 수 있다."

그 말과 동시에 라크의 다리가 이상한 변이를 일으키며 모습이 바뀌었다. 두꺼운 가죽에 휩싸인 타조의 다리 같은 모습과 같았다. 그리고 시간이 조금 지나자 다시 인간의 모습으로 돌아왔다.

생각해보니 그가 다리와 팔이 드러나는 옷을 입는 이유를 알 것 같다. 옷이 제대로 갖춰져 있으면 매번 변형을 일으킬 때 마다 찢어질 것 같다.

"우리는 이 능력을 링크(Link)라고 부르고, 이것을 사용하는 사람들을 링커(Linker)라고 부른다. 처음에 북방의 이민족들이 사용하던 능력이었지. 나도 그렇고 네가 알고 있던 노인네도 링커였다. 노인네는 제법 이름이 난 링커였고."

제대로 들어본 적 없는 능력이다.

펜릴이 살던 영지는 워낙 크기가 작아 링커들이 없었고 또 소문이 나기까지는 링커의 역사가 짧았다. 불과 30여 년 전, 이민족들이 링크를 사용하는 것을 처음 알게 되었다.

펜릴을 침을 꼴깍 삼켰다.

"영감이 자살한 것과 연관이 있어요?"

"나도 노인네가 자살한 건 잘 모른다. 하지만, 연관이 전혀 없다고 할 순 없다. 링커가 되는 순간 끔찍한 고통을 수반해야 한다. 해당 몬스터의 그 능력뿐만 아니라 영혼까지도 자신의 몸에 각인시키는 행위다. 시간이 지날수록 그 영혼은 수명을 갉아먹기 시작한다. 그 과정을 지켜보는 건 미치는 행위지."

펜릴은 매일 밤 방 안에서 신음소리를 흘리는 영감을 떠올렸다.

"그 능력이 하나라면 그래도 제법 버틸 만하지만, 두 개, 세 개가 되면 더욱 심해진다."

영감은 두 개였다. 그런데도 고통에 시달렸다.

"라크는 세 개 잖아요."

"그래서 기사들이나 마법사들이 배우는 마나연공법을 배운다. 마나는 고통을 덜어주고 수명까지도 늘려주니까. 물론, 그것도 완벽한 방법은 아니지만."

얘기를 듣다보니 점점 궁금해지는 게 많아진다.

"완벽한 방법이 뭔데요?"

"링커들이 애타게 찾고 있는 불사의 초를 구하는 거다. 그것만 구한다면 이 각인의 저주로부터 벗어날 수 있다. 나 또한 그것에 대해 찾고 있는 중이고."

영감이 집에 쌓아놓고 있던 책들의 정체를 깨달았다. 물론, 그 책들은 지금 라크가 들고 있는 가방에 있다. 라크는 그 가방을 그 누구에게도 맡기지 않았다. 펜릴이 만지는 것도 허락하지 않았을 정도다.

"능력을 사용하면 사용할수록 수명을 갉아 먹는다. 또한 몬스터의 영혼이 그 해당부위를 잠식하게 되지. 첫 각인의 주술을 맺는 순간 남은 삶의 절반. 그리고 조금씩, 조금씩. 그 영감은 운이 나빴다. 나이가 많아 마나연공법도 배우지 못했고, 능력도 너무 많이 사용했고."

펜릴은 얘기를 듣다가 고개를 갸웃했다.

링커가 되는 순간 남은 삶의 절반을, 그리고 그 이후로도 수명을 조금씩 갉아먹는다 했는데 영감은 제법 살 만큼 산 사람이다.

영감은 70대로 보였다. 오히려 주변 마을에 살던 영감들 보다 더욱 오래 살았다.

라크는 펜릴의 표정을 보고 그의 궁금한 점을 속시원하게 풀어주었다.

"참고로 노인네의 나이는 48세였다."

♦

"그 노친네가 나에게 무엇을 바래서 너를 맡긴지는 모르겠다. 하지만, 적어도 네가 바깥에 나가 사람구실은 할 수 있게 만들어 주겠다."

사람구실.

이미 영감에게 사냥을 배운 펜릴은 지금 바깥에 나간다 하더라도 먹고 사는 데는 지장이 없다. 지금 라크는 펜릴에게 그 이상의 것을 가르쳐주겠다는 얘기다.

"링커가 되란 얘긴가요?"

라크는 고개를 내저었다.

"아니. 같이 지내다보면 천천히 알게 될 거다."

"알겠습니다."

링커는 아니다.

그렇다면 딱 하나다.

라크는 마나연공법을 펜릴에게 가르칠 생각이다.

나이는 열 다섯.

그렇게 늦지도 않았고 빠르지도 않다. 지금부터 오년, 아니 십 년 이상 연공을 한다면 적어도 사람구실하는 것에 만족하지 않고 더 위에까지 올라갈 수도 있다.

링커들의 등장으로 기사들의 입지가 흔들리는 것은 사실이나 여전히 대륙에 많은 수로 분포되어 있다. 위험부담이 없다는 것이 기사들의 큰 장점이었다.

라크가 가지고 있는 마나연공법은 상위에 속할 정도로 아주 좋은 것이다. 그는 자신의 몸에 세 마리의 마수를 각인시켰다. 그 마수들은 각인된 부위를 잠식하려 든다. 그 잠식속도를 현저하게 늦춰준 것은 마나연공법의 힘이 컸다. 마나연공법 하나로 그의 수명이 십년 이상 늘어났다.

그만큼 펜릴이 가지고 있던 자료들은 가치가 있었다. 영감은 산속에 틀어박혀 하루 종일 연구에만 박차를 가했다. 어쩌면 불사의 초에 대한 흔적을 찾을 수도 있다. 사심 없이 펜릴에게 마나연공법을 공유해줄 수 있는 강력한 이유다.

집이 가까워지자 라크가 먼저 입을 열었다.

"한 가지 말 안 한 게 있다."

"뭔데요?"

"집에 내 딸도 같이 살고 있다."

라크는 겉으로 봐도 나이가 제법 있다. 그에게 가족이 있는 것은 이상한 일이 아니다.

"몇 살인데요?"

"나이는 너랑 동갑이다."

"링커인가요?"

"아니."

링커에 대해 알기 시작하자 세상이 링커와 링커가 아닌 자로 구분이 된다.

때 마침 멀리서 작은 점 하나가 보인다. 펜릴은 인상을 찡그리듯 눈을 작게 떴다. 그러자 조금 더 크게 보인다.

그는 사냥꾼이다. 눈도, 감도 좋다. 그 점이 여자의 형체라는 것은 얼마 지나지 않아 알았다.

"내 딸이니 경계할 필요 없다."

"네."

갈색머리를 길게 내린 귀여운 아이다.

험상궂은 라크의 얼굴을 생각할 때 정말 딸이 맞나 싶을 정도로 의심이 간다.

"아빠!"

그녀가 달려와 라크에게 안겼다.

이런 저런 이유로 라크는 두 달 넘게 집을 비웠다. 열다섯 소녀가 그 긴 시간을 견뎠을 거라 생각하니 이해가 간다.

"어이쿠! 내 딸."

라크는 자상한 아버지로 변했다.

소녀는 한 참을 안겨 있다가 땅으로 내려와 펜릴을 가리켰다.

"너 뭐야?"

"1년간 우리랑 같이 살 펜릴이라고 한다."

소녀의 눈동자가 솥뚜껑만해진다.

"우리랑 산다고?"

"그래."

라크의 소개에도 소녀의 눈은 온전히 경계하는 듯하다.

"반가워. 난 티라야."

그러더니 손을 자기 치마로 슥슥 닦고는 먼저 펜릴에게

내민다. 라크가 지켜보는 입장에서 악수를 안 받는 것도 모양새가 이상하다.

"아, 그래."

그리고 손을 재빠르게 소녀가 회수한다.

티라는 등을 휙 돌렸다.

"가자, 아빠."

다정한 연인, 부녀처럼 팔짱을 꼬옥 끼고 걸어간다. 라크는 못 이기는 척 티라에 끌려갔다. 티라는 고개를 살짝 뒤로 돌려 펜릴을 쳐다봤다. 한 참을 눈을 부라리더니 다시 새침하게 고개를 돌린다.

펜릴이 바라본 티라의 첫 인상은 이랬다.

'미친년.'

◆

"야, 너 꺼져."

펜릴은 자신이 거주할 집을 짓기로 했다. 이미 영감이랑 살 때부터 혼자 짓는 건 익숙했다. 적당한 크기의 나무를 잘라 옮겨오고 가지를 친 뒤 뼈대를 세운다.

라크가 살고 있는 집의 바로 옆에 세우는 편이 좋다. 그래야 겨울에 추위를 막을 수 있기도 했고 여러 방편으로 도움을 받을 수 있기 때문이다.

도끼를 빌려 나무를 베고 사냥에 쓰던 마체테로 가지를 치는 데 등 뒤에서 따가운 목소리가 들려온다. 펜릴이 동작을 멈추고 뒤를 돌아봤다. 양쪽 허리에 손을 척 하니 올려놓은 게 꽤나 귀엽다.

"내가 왜?"

펜릴은 능청스럽게 물었다.

"뭐? 우리 아빠는 대단한 링커라고! 뭘 원해서 온 거야?"

"나 혼자서 원했던 건 아니야. 라크씨도 원하던 게 있었고, 나 또한 원하던 것이 있었어. 우린 상호간에 이해관계가 맞아 떨어졌기 때문에 필요한 것을 얻었을 뿐이야."

"뭐, 뭐?"

티라가 기가 막힌 듯 당황하는 표정이 역력하다.

"어찌됐든 미안하게 생각해. 일단 그렇게 됐으니까 1년만 부탁한다고."

펜릴은 자리에서 일어나 말뚝을 박았다. 그리고 말뚝이 넘어지지 않게 그 옆으로 좀 전에 잘랐던 가지들을 줄기로 엮었다.

"거기 그냥 서있지 말고 나 좀 도와줄래. 옆에 잘 보면 삽이 있는데, 좀 가져다 줘."

티라는 깜짝 놀라서 주위를 둘러본다. 삽을 발견했는지 물끄러미 쳐다보더니 냅다 발로 찼다.

"흥!"

콧방귀만 뀌고 밖으로 나가버리는 티라를 보며 펜릴은
쓴웃음을 지었다.

아무래도 환영받지는 못한 것 같다.

♦

집을 짓는 건 3일이 걸렸다.

마지막 작업에는 직접 라크가 와서 도와주었다. 티라는
옆에서 구경만 하다가 라크가 도우니 자기도 와서 조그마
한 일을 했다.

"고마워."

펜릴은 직접 가서 인사를 전했지만, 티라는 냉소적인 대
답만 했다.

"됐어. 네가 좋아서 도운 거 아냐."

"알아. 그래도 고맙다고."

"……."

티라는 등을 돌려 사라졌다.

아무리 생각해도 종잡을 수 없는 이상한 여자다.

펜릴은 집을 정리하고 라크의 집에서 가벼운 생필품을
가지고 왔다. 이곳으로 올 때 무작정 라크의 뒤를 쫓아왔
기 때문에 제대로 된 물건이 없었다. 그 과정에서 티라의

따가운 시선이 있긴 했지만 가볍게 무시했다.

이곳에서 며칠 동안 있으면서 느낀 건 라크와 티라는 정말 집 밖으로 잘 안 나오는 사람이라는 거다. 그 두 명은 집 안에 틀어박혀서 책만 들여다봤다. 이따금씩 바람을 쐬러 나오거나 식사 시간이 되면 라크가 사냥을 나가기도 했다.

펜릴도 라크의 뒤를 따라 주변 지형을 익혔다.

기존에 펜릴이 살고 있던 산과는 제법 다르다. 하지만, 적응하는 데는 크게 문제가 없었다. 라크는 멧돼지 하나를 가볍게 등에 매고 나머지 한 손으로는 가끔 보이는 나무들을 반으로 부숴버렸다.

라크의 행위를 보고 펜릴이 궁금증이 도셨다.

"뭐하는 거예요?"

"영역표시다. 이 근처에는 마수가 산다. 너도 이곳을 넘어가지 않는 게 좋을 거다."

"이 숲에 마수가 사나요?"

"상급 마수는 아니더라도 하급 마수들은 볼 수 있다."

마수는 몬스터들보다 월등히 강하다.

라크의 다리에 새겨진 각인인 랩터는 마수의 일종이다.

"명심하겠습니다."

사냥꾼에게 지형과 상위 포식자의 거주지를 기억해두는 건 기본 중에 기본이다. 영감과 살던 곳은 마수는 아니더라도 가끔 몬스터들은 볼 수 있었다.

오크 한 마리도 성인 남성 보다 강한데 결코 혼자서 돌아다니는 법이 없다. 보통 세 마리를 하나의 조로 구성하여 돌아다니기 때문에 펜릴은 철저하게 피해 다녔다.

집으로 돌아간 이후, 멧돼지 손질은 온전히 펜릴의 몫이었다.

라크에게 지형과 마수의 위치를 배웠고 또 손수 멧돼지를 잡은 것도 라크였다. 그에게 멧돼지와 동물들의 서식지를 배웠으니 이젠 펜릴이 일 할 차례다.

가지를 치던 마체테를 꺼내어 털을 벗기고 배를 반 갈라 내장을 꺼냈다. 그리고 소금을 쳐 알맞게 구웠다.

나머지는 부위별로 잘라 통에 담아 바깥에 내놨다.

훈제를 하려고도 했지만, 라크가 말렸다. 이 근처에 동물들은 많다. 굳이 훈제를 해서 식량을 보관할 필요가 없었다. 게다가 겨울이기 때문에 고기가 상할 일도 없었다.

그렇게 이곳 생활에 적응할 때 쯤 지나자 라크가 펜릴이 살고 있는 집의 문을 두들겼다.

"나와라."

펜릴은 마체테만 챙겼다.

"무기는 챙길 필요 없다. 그냥 최대한 편한 복장으로 나와라."

"알겠습니다."

이내 마체테를 집안 한 구석에 놔뒀다.

펜릴은 라크의 뒤를 따라 한 적한 공터로 이동했다.

"한 동안 너를 신경 쓰지 않은 점은 미안하게 생각한
다."

"상관없어요."

영감이 죽은 뒤로 쓸쓸하긴 하다. 하지만, 혼자 있는 게
익숙하지 않은 건 아니다.

"전에 얘기했던 대로 난 내가 받은 대가에 대해 보답을
해야 한다. 네가 좋든 싫든 나를 따라왔다는 점에서 동의
를 했다고 생각하겠다."

라크의 말에 펜릴은 고개를 살짝 끄덕였다.

"한 가지 약속할 게 있다."

"뭔데요?"

"내가 해줄 수 있는 유일한 보답은 내가 가지고 있는 마
나연공법을 너에게 빌려주는 거다. 그렇기 때문에 차후에
이 마나연공법을 누군가에게 전수하는 행위는 금지하겠
다. 너의 부모형제라 해도 금지다. 오로지 나는 너에게만
보답할 권리가 있다."

왠지 모를 긴장감에 펜릴은 고개를 끄덕였다.

"알겠습니다."

"네 나이는 마나연공법을 배우기엔 적당한 나이다. 많
지도 그렇다고 적지도 않다. 꾸준한 기간 동안 활용하여

대성을 한다면 이름 난 용병이나 기사가 될 수도 있다. 사람구실은 할 수 있단 얘기지."

평민이나 농노에서 벗어날 수 있다는 얘기다. 누구나 화려한 신분상승을 꿈꾼다. 펜릴에게도 그런 마음이 전혀 없다면 거짓말일 것이다. 부모형제는 힘이 없어서 죽었다. 펜릴은 그렇게 허무하게 죽고 싶은 마음은 추호도 없었다.

라크는 다시 천천히 말을 이었다.

"빌려주는 것이기 때문에 너의 사부도 스승도 아니다. 그저 예전처럼 똑같이 나를 대하면 된다."

"네."

"앉아라. 지금부터 너에게 마나연공법을 빌려주겠다."

◆

이상한 기분이다.

몸은 가만히 있는 데, 전신은 조금씩 가려워진다.

참지 못하고 손을 들어 올리려 하자 라크가 경고를 했다.

"집중해라. 마나연공법은 길 하나를 잘 못 돌면 다른 방향으로 되돌아가야 한다. 만약, 그걸 몸이 기억하게 되면 다시는 효율적인 길로 갈 수 없게 된다."

"네."

슬그머니 다시 손을 내린다.

효율, 그건 중요하다.

마나연공법은 기사들이 수백 년에 걸쳐서 이 땅 위에 군림하게 만든 근본이 되었던 기술이다. 하나로 시작했던 뿌리들이 여러 갈래로 갈라졌고 각자 자신들이 가진 마나연공법을 개선해 나가기 시작했다.

열의 마나를 쌓으려면 어떤 마나연공법은 하루가, 어떤 마나연공법은 일주일이 걸린다. 가장 중요한 첫 번째는 마나가 쌓이는 창고까지 가장 빠른 길로 움직이는 것이다.

두 번째는 그 마나의 순도다. 얼마나 순도 높은 마나가 창고에 쌓이느냐가 관건이다. 창고까지 가는 길은 여러 갈래다. 어떤 길은 빠르게, 어떤 길은 더욱 깨끗하게 지나갈 수 있다.

그 길을 어떻게 조화롭게 가느냐가 마나연공법의 관건이다.

라크가 가지고 있는 마나연공법은 어떤 하나에 크게 치우쳐져 있던 것은 아니다.

단기간에 효과를 보긴 어렵지만, 라크의 말대로 길게 잡고 수련을 한다면 좋은 기사나 뛰어난 용병이 되기에는 부족함이 전혀 없다.

"끝났다."

라크의 말이 끝나자 몸에 가려움이 사라졌다. 펜릴은 작게 한숨을 쉬었다.

"집중만 한다면 크게 어려운 건 없다. 지금처럼 이따금
씩 시간이 되면 진전을 봐주겠다. 혼자 하는 것도 크게 무
리는 없을 거다."

"예."

라크의 말대로다.

이름은 거창했지만 막상 해보면 별 거 없다.

그런데, 이 별 거 없는 게 누군가의 인생을 바꾼다.

라크는 그 말을 끝으로 돌아갔지만 펜릴은 남았다. 배운
것을 천천히 되짚어 보기 위해서였다.

그날 이후로 펜릴은 조금씩 자신의 몸에 변화가 오고 있
다는 것을 느꼈다. 처음엔 말하기도 민망할 정도로 작은
변화다. 체형이 조금 더 다부져지고 오랜 시간 걸어도 입
냄새가 심하지 않거나 대변을 봐도 냄새가 크게 진동하지
않았다.

아침에 일어나면 눈이 더욱 밝고, 밤에 길을 찾는 게 크
게 어렵지 않다.

펜릴은 그제야 사람들이 눈에 불을 켜고 좋은 마나연공
법을 찾는 이유를 깨달았다.

한 달 쯤 지나자 몸 안에 주먹만 한 크기의 마나가 단단
하게 뭉쳤다는 것이 느껴졌다. 그쯤 되자 거칠었던 피부가
좋아지고 머리에는 윤기가 흘렀다. 달리기도 빨라지고 힘

도 세졌다.

그건 사냥을 하는 데 장점이 되었다. 활의 시위를 더욱 뒤에 놓을 수 있기 때문에 화살이 빠르고 강해졌다.

효과를 직접 체감하자 사냥을 하는 시간 외에는 마나연공법에 많은 시간을 투자했다.

산에도 이제 봄이 찾아온다고 느낄 무렵, 펜릴은 작은 벽 하나와 마주했다.

◆

'마나가 더 이상 늘어나지 않는다.'

며칠 전까지만 해도 아주 조그마한 양이긴 해도 하루 종일 마나연공법을 수련하면 늘어나긴 했다. 그런데, 최근에는 마나에 큰 변화가 느껴지지 않는다.

마나연공법을 통해 들어오는 마나가 있으면 또 그 만큼 빠져 나갔다.

가끔 찾아오던 라크도 막상 필요할 때는 뜸해졌다.

지금 당장 찾아가 조언을 구해도 되지만, 영감의 자료 때문에 눈코 뜰 새 없어 사냥도 펜릴이 전담하고 있는 실정이다.

펜릴은 라크가 좀 더 여유가 생기길 기다렸다.

며칠 뒤, 누군가 문을 벌컥 열었다.

"나와."

티라가 손을 허리위에 올리고 한 손으로 손가락을 까닥인다.

마음에 들진 않지만, 펜릴은 순순히 집 밖으로 나왔다.

"무슨 일이야?"

"생필품이 떨어져서 아랫마을 좀 갔다 와야 돼."

"그래?"

잘 된 일이다.

최근 계속 이곳에만 있었더니 따분할 지경.

진전이 없을 때 잠시 바깥에 나갔다 온다면 기분전환도 될 것 같았다. 게다가 사냥을 통해서 잡은 동물들의 가죽도 내다 팔아야 했고 마침, 얻어서 쓰던 생필품도 동이 났다.

"따라와."

티라가 등을 휙 돌리자 펜릴이 인상을 구겼다.

"같이 가자고?"

"마을 가는 길 알아?"

"그거야……."

"잔말 말고 따라와."

갑자기 짜증이 확 난다.

펜릴은 꾹꾹 감정을 추스르고 티라의 뒤를 따랐다. 좋으나 싫으나 마을의 위치를 모르기 때문에 일단 그녀를 따라가야 했다.

물론, 이 근방을 뒤지다가 사람이 다니는 길을 찾는다면 금방 마을까지 찾을 수도 있겠지만 괜히 어슬렁거리다 마수의 눈에 띄고 싶은 마음은 추호도 없었다.

'그건 그렇고.'

티라의 발걸음은 빠른 편이다.

마나연공법을 배우기 전의 펜릴은 장시간 따라가기 힘들 정도로 빠르다.

티라도 펜릴이 처음엔 따라 오지 못할 거라고 생각했는지 점점 속도를 높였다.

"흥. 놀고먹은 건 아니었나 보네."

그녀도 눈과 귀가 있기 때문에 펜릴이 마나연공법을 라크에게 배웠다는 것을 알고 있다.

펜릴도 마나연공법을 배우면서 알게 된 사실인데 티라도 마나연공법을 배웠다. 그녀는 펜릴보다 2년을 일찍 배웠다.

라크가 펜릴에게 마나연공법을 배우기 적당한 나이라고 했던 건, 그의 성장이 멈출 때 쯤 되었기 때문이다. 마나연공법을 이른 나이에 배우게 되면 성장이 더뎌진다. 그걸 보완할 정도로 뛰어난 재료나 혹은 기사들이 있다면 상관없지만 대부분이 성장이 멈추면 마나연공법을 배운다.

보통 여자는 남자보다 성장이 빨리 멈춘다. 그렇기 때문에 13세가 되자 마나연공법을 수련하기 시작했다.

그렇게 빠른 속도로 이동을 하자 마을은 생각보다 금방 보이기 시작했다.

펜릴은 마을까지 가는 길에 티라와 단 한 마디도 섞지 않았다. 티라는 펜릴이 들으나 마나 그냥 혼잣말을 하기 일쑤였다.

가끔은 도통 이해하기 힘든 말도 했다.

티라는 어려운 영감의 자료들을 읽거나 해석할 수 있다.

그건 북방의 이민족들의 언어나 문화를 이해하고 있기 때문이다. 그렇기 때문에 라크의 옆에서 그의 조사를 돕고 있는 것이다.

마을에 도착하자 티라가 먼저 입을 열었다.

"볼 일 보고 해가 지기 전에 다시 이곳으로 와. 늦으면 버리고 갈 거니까 그렇게 알고."

"알았어."

티라는 미련 없이 등을 돌렸다.

펜릴은 그녀가 사라지는 것을 보고 가지고 있던 가죽을 팔기 위해 시장을 돌았다.

시장은 어딘지 모르게 생동감이 넘친다.

작은 마을이라고 해도 좌판을 깔고 앉아서 팔 물건을 내놓은 사람이나 혹은 그걸 사는 사람들의 모습에서는 적어도 쓸쓸한 감정을 느낄 순 없었다.

"그거 팔 건가?"

마을이 워낙 작기 때문에 가죽을 취급 하는 곳이 많지 않다.

등에 가죽을 매고 돌아다니는 펜릴의 모습은 어디서도 눈에 띄었다.

"예."

"줘 봐, 내가 좋게 취급해줄게."

펜릴은 깊이 생각도 하지 않고 바로 가죽을 내놨다. 취급하는 곳이 적으니 값싸게 넘길 생각이었다.

"시간이 좀 지났나봐. 가죽 상태가 그렇게 썩 훌륭하진 않은 걸 보면."

상인들의 주특기인 흠집 내기.

펜릴은 그 얘기를 듣고 피식 웃었다. 처음부터 좋게 취급해준다는 얘긴 듣지 않았다. 이런 작은 마을에서는 가죽을 소비할 일이 많지 않다. 보통 작은 상단과 정기 교류를 통해 가죽을 판매하는데, 그 상단은 큰 도시로 가 비싼 값에 팔아넘긴다. 그 과정에서 운송료가 발생하는 만큼 이런 작은 마을에서 제 값을 받기는 어렵다.

"적당히 챙겨주세요."

그걸 잘 알기 때문에 펜릴은 대수롭지 않게 말했다.

"그, 그래? 그래도 나이가 어린 것 같으니 좀 비싸게 쳐줄게."

가죽상인도 그래도 미안했는지 생각했던 것 보다 동전 몇 닢을 더 얹어주었다.

펜릴은 그 돈을 받고 생필품들을 구입했다. 사람이 우매 산골에 처박혀 산다고 해도 필요한 물건은 많다. 당장에 허리에 매달린 마체테만 해도 아무리 관리를 해도 녹이 슬 수밖에 없다.

펜릴은 나온 김에 작은 가방을 구입하고, 그 안에 생필 품들을 꽉 찰 정도로 넣었다. 괜찮은 마체테를 구입하고 싶긴 해도 이런 작은 마을에서는 사냥꾼들이 사용하는 검을 구입하기는 쉽지 않다. 있다 해도 대부분이 품질이 떨 어지는 것들.

펜릴은 예정보다 이른 시간에 모이기로 한 장소로 이동 했다.

"그래도 혼자 오고 싶은 생각은 없었나보네."

예상과는 다르게 티라가 먼저 와서 기다리고 있었다.

"헛소리 말고 가자."

이번엔 펜릴이 먼저 움직였다. 오는 길을 유심히 봤다. 돌아가는 건 어렵지 않다.

"뭐, 뭐?"

어안이 벙벙한 듯 그 자리에서 굳어 있던 티라가 뒤늦게 쫓아온다.

그녀의 발걸음이 빠르다고 생각했는데 순식간에 펜릴을

앞질렀다.

"흥! 질 줄 알고?"

경쟁을 하려고 했던 건 아니지만, 펜릴도 티라를 쫓았다.

티라는 펜릴이 뛰는 걸 유심히 쳐다보더니 피식 웃었다.

"설마, 마나연공법을 단순히 몸 안에 쌓는 거라고만 생각했던 건 아니지?"

티라는 펜릴 보다 더욱 가볍게 뛰는 듯한 느낌이다. 별다른 힘을 크게 쓰지 않는 것 같은데 펜릴보다도 빠르다.

그녀는 펜릴보다 빠른 시기에 마나연공법을 배웠다. 조언도 많이 들었다. 체력은 펜릴이 우수할 수도 있으나 마나에 관해서는 초짜다.

그녀의 얘기를 듣고 곰곰이 생각하던 펜릴은 최근에 자신에게 생겼던 작은 문제점과 관련이 있다고 생각했다.

'쌓아 뒀던 마나를 방출하고 있구나.'

굳이 죽자고 모아둘 필요가 있을까.

마나는 있다가도 없고, 없다가도 있는 것이다.

펜릴은 마나연공법을 통해 마나를 들여오는 길과 반대로 안에 있던 마나를 바깥으로 내보냈다. 그리고 그걸 다리에 집중하자 걸음이 빨라졌다.

때문에 마을에 갈 때 보다도 더욱 빠른 시간 안에 집으로 되돌아 올 수 있었다. 티라 보다 늦게 도착해 인사를 제대로 건네지 못했지만 펜릴은 시도해 볼 수 있는 다른 방법을 찾아냈다는 것에 큰 기쁨을 얻었다.

그리고, 봄이 가고 여름이 찾아왔다.

◆

"찾았다."

한적한 숲의 나무 위.

어딘지 모르게 수척하기 짝이 없는 펜릴의 모습과는 정반대로 눈은 조용히 빛났다. 일주일 동안 마수 하나를 집요하게 추적하는 바람에 집에도 돌아가지 못했다.

사냥꾼의 첫 번째 철칙은 사냥감의 위치를 추적하는 것이다.

기본적인 발자국의 패인 자국만 봐도 사냥감의 무게나 크기등을 추측할 수 있다. 또 이동방향까지.

두 번째는 사냥감에게 자신의 위치를 들키지 않는 것이다.

발꿈치를 들고 걷되, 위장은 얼마나 그럴 듯하게 속일 수 있느냐가 관건이고 후각이 좋은 사냥감에 대비해 바람과 마주보며 서는 것이 좋다.

펜릴은 아마 마수가 자신을 추적하고 있다는 사실을 알아차렸으리라 생각했다.

그것은 펜릴이 의도한 바가 컸다. 일부러 여러곳에 흔적을 남겼다.

마수는 단순 사냥감이 아니다. 어떤 것들은 지능이 인간만큼이나 발달했고, 또 작은 체구에서 폭발적인 스피드나 힘을 보여주기도 한다.

그런 마수를 상대로 단순 사냥감을 잡는다고 생각해서는 안 된다.

하루 이틀이 아닌 일주일이나 공을 들인 것은 마수에게 정신적인 스트레스를 주기 위해서다. 마수는 잠도 제대로 자지 못했다. 지금도 실체를 알 수 없는 추적자에 신경이 곤두섰을 것이다.

펜릴은 등 뒤에서 조용히 화살을 꺼내어 시위에 걸었다.

마수에게 들키지 않게 나무를 걸어서 내려왔다.

라크는 마나연공법을 통해, 몸 안에 쌓는 방식을 가르쳐 줬다면 티라는 쌓은 마나를 활용하는 방법에 대해서 조언해줬다.

쌓은 마나를 사용하면 사용할수록, 창고는 조금씩 커졌다.

그 동안 머리를 아프게 했던 골칫거리가 사라지자 마나의 활용법에 대해서 다양한 실험을 할 수 있었다.

단순히 다리를 빠르게 하거나 근력을 높이는 것뿐만 아니라, 발바닥에 흡착하는 형식으로 벽이나 나무를 수직으로 오르락내리락 할 수 있었다.

펜릴이 가지고 있는 마나는 주먹 두 개 분량.

라크에 비하면 보잘 것 없는 양이지만 티라랑은 비등해졌다.

1시간 동안 마나를 사용하면 전력질주를 해도 지치지 않는다.

확실히 마나연공법은 펜릴에게 사냥꾼으로써 한 단계 진보할 수 있는 선택의 폭을 넓혀주었다.

'오늘은 결실을 맺어야겠어.'

남은 식량도 충분치 못하다. 처음에 가방에 식량을 들고 올 때도 일주일 치를 생각 했으니 오늘이면 동이 난다. 돌아가는 시간 까지 계산하면 결코 넉넉한 건 아니다.

펜릴은 마수의 등 뒤로 돌아갔다.

네 발 달린 동물들은 두 발 달린 동물 보다 뒤를 돌아보는 게 쉽지 않다. 자기 덩치 때문에 시야에 가리는 게 많아진다.

일주일 동안 뒤쫓았던 마수는 샤벨 타이거.

마수들 중에서도 하급에 속하지만 오우거의 가죽까지 찢어버릴 정도로 강력한 이빨을 지녔다. 그 이빨과 가죽은 멧돼지 천 마리와도 비교할 수 없을 정도로 값비싸다. 샤벨 타이거는 이따금식 마수사냥꾼들의 목표가 되곤 했다.

펜릴은 말로만 듣던 샤벨 타이거의 실체를 확인하고는

숨까지도 완벽히 죽였다. 숨을 죽여야 화살이 원하는 방향으로 완벽하게 날아간다.

샤벨 타이거는 신경이 곤두 서 주위를 두리번거렸다.

으르렁거리는 낮은 울음소리는 언제든지 상대에게 달려들 태세를 취하고 있는 것이다.

크릉?

샤벨 타이거의 걸음이 멈춰졌다.

여긴 그의 영역이다. 냄새가 난다면 눈치 챌 수 있다.

펜릴도 샤벨 타이거에 맞춰 발을 멈추고 옆에 있던 나무 뒤로 몸을 숨겼다.

'들켰나?'

숨을 한 번 작게 몰아쉰다.

그리고 고개를 살짝 내밀어 샤벨 타이거의 동향을 확인한다.

'내 위치를 눈치 챈 것 같지는 않다. 아니면, 나를 끌어들일 생각인가?'

샤벨 타이거의 과도한 경계는 분명히 주위의 위험 신호를 감지했다는 것이다. 샤벨 타이거는 후각이 좋다. 그의 후각을 속이기 위해 옷에는 똥과 오줌까지도 발랐다. 그리고 일주일을 추적했다. 이번에 잡지 못한다면 그 노력과 시간이 모두 수포로 돌아간다.

탁!

갑자기 샤벨 타이거가 앞으로 뛰쳐나간다.

'눈치 챘구나!'

머릿속이 복잡하다. 과도하게 몰아 붙였나?

마수사냥은 멧돼지나 토끼몰이랑 다르다. 처음이기 때문에 실수가 발생한 것이다.

눈앞에서 샤벨 타이거의 모습이 사라지자 펜릴도 더 이상 생각만 하고 있을 순 없었다.

'쫓자!'

펜릴은 샤벨 타이거의 꼬리를 보고 추적하는 꼴이 되었다. 그러면서도 손에 쥐고 있던 활의 시위는 놓지 않았다.

'기회가 오면 쏜다.'

샤벨 타이거는 종횡무진한다.

그런 상대를 쉽게 맞추리란 무리다.

펜릴은 또 다시 숨을 멈췄다. 달리는 와중이라 이리저리 화살의 위치가 생각과 달라진다.

펜릴은 샤벨 타이거가 완전히 과녁 안에 들어왔다고 생각하자 시위를 놓았다. 팽팽하게 당겨져 있던 시위가 빠르게 앞으로 튕겨져 나가며 화살이 샤벨 타이거를 향해 날아갔다.

"맞았다!"

손에 느낌이 왔다.

샤벨 타이거의 질긴 가죽을 꿰뚫지는 못했어도 움직임

을 방해하는 요소로는 충분하다. 샤벨 타이거가 수풀 속으로 몸을 날리자 펜릴은 들고 있던 활과 화살통을 그대로 옆으로 내던지고 허리춤에 매달린 마체테를 꺼냈다.

다리를 절단시켜 넘어뜨린 뒤 부드러운 뱃가죽을 벤다면 심장까지 충분히 도달할 수 있다.

펜릴은 첫 마수사냥의 성공을 확신하며 수풀을 향해 몸을 날렸다.

"뭐야?"

이내 드러낸 모습은 이미 머리가 박살나버린 샤벨 타이거.

머리를 쩌억 벌리며 피와 뇌수가 뚝뚝 떨어진다.

펜릴은 등골이 싸늘해지는 느낌에 고개를 위로 치켜들었다.

크워어엉-!

"큭!"

생각보다 몸이 먼저 반응한다. 마체테를 들고 있던 오른손을 그대로 위로 쓸어 담듯이 휘둘렀다. 나무 위에서 무언가 펜릴을 향해 낙하하던 무언가가 팔을 강력하게 휘둘렀다.

째엥-!

손아귀가 찢어질 것만 같다.

펜릴은 그대로 손에서 마체테를 놓아버렸다.

충격을 이기지 못한 마체테가 두동강이 났다.

녹이 슬어 마을에 갈 때 마다 마체테를 바꿔야 되나 말아야 되나 고민이 되던 찰나였다. 강력한 충격을 버티지 못한 것은 당연하다.

"웨어울프?"

키는 펜릴 보다도, 라크 보다도 크다.

2M이상은 될 것 같다. 고개를 빳빳하게 들어 한 참을 올려다봐야 한다. 얼굴을 보면 분명히 늑대인데, 네 발로 걷지 않고 두 발로 걸어 다닌다.

강력하게 콧김을 내뿜자 웨어울프의 털이 곤두선다.

그만큼 펜릴의 입도 바짝 말라버렸다.

웨어울프는 샤벨 타이거와 다르다.

상급 마수!

펜릴은 이 근처에는 하급 마수밖에 없다고 생각했다. 실제로도 라크는 상급 마수에 대해 언급한 적이 없었다.

펜릴이 상급 마수와 부딪힐 일이 없다고 생각했거나 혹은 자신도 모르거나!

둘 중 어떤 것이라고 해도 지금은 도움이 되지 않는다.

상대가 자신 보다 강하다는 생각이 들 때는 등을 돌려서 안 된다. 눈을 떼서도 안 된다. 눈을 깜빡여서도 안 된다. 그 찰나의 순간은 죽음으로 내몰린다.

'이 녀석이었구나!'

샤벨 타이거는 펜릴을 무서워했던 게 아니다.

펜릴의 존재보다는 웨어울프의 존재를 깨닫고 도망갔던 것이다. 마수들도 상대방의 힘을 가늠할 줄 안다. 샤벨 타이거 다섯 마리가 모여도 웨어울프를 이길 수 없다. 웨어울프는 지능적이며 그 어떤 몬스터보다도 더욱 강력하다.

크르르르-

웨어울프가 노려본다.

펜릴의 몸이 가늘게 떨렸다.

두려움이다.

사냥꾼이 사냥감이 되었을 때!

처음 멧돼지를 마주했을 때 보다도 더욱 떨렸다.

'먼저 움직이지 않는다. 녀석의 몸을 보고 움직여야 한다.'

아무리 빠르게 달려도 이 숲에서 웨어울프를 떼어놓을 자신이 없다.

이곳은 녀석의 영역이다. 녀석 보다 길을 잘 알지 못한다.

'싸워?'

부러진 마체테로?

웨어울프가 중심을 내렸다.

저건 녀석이 뛰겠다는 신호다.

어느 방향으로?

웨어울프가 펜릴을 향해 곧장 달려올 것처럼 디딤발에 힘을 주고 폴짝 뛰어 올랐다.

펜릴은 유심히 지켜보다가 오른쪽으로 몸을 굴렸다.

'속았다!'

웨어울프는 폴짝 뛰어 자기 바로 앞으로 떨어졌다. 그리고 펜릴이 움직이는 방향을 유심히 지켜본 후 곧바로 돌격했다.

설마 미개한 마수가 속임 동작을 섞을 것이라고는 상상도 못 했다.

펜릴은 그 자세에서 덤블링을 하듯 몸을 뒤로 한 바퀴 날렸다.

"…컥!"

옆구리에 아찔한 충격타가 느껴진다!

웨어울프의 손이 옆구리를 강하게 후려쳤다.

완벽하게 피해내지 못한 것이다.

웨어울프는 채비를 갖추지 못한 펜릴을 향해 또 다시 들어갔다.

'한 수, 두 수 이상 앞서 가지 못하면 죽는다!'

펜릴은 웨어울프를 향해 손아귀에 있던 모래를 던졌다.

처음에 웨어울프가 달려올 때 바닥을 구르며 한웅큼 쥐고 있었다. 뒤로 한 바퀴 돌며 반이 빠져나갔지만, 웨어울프의 눈을 무력화 시키는 데는 충분했다.

깨갱, 깨게갱-

직립보행을 하는 늑대라고 해도 울음소리는 개랑 똑같다.

"그럼 그렇지, 이 개새끼!"

이번은 진짜 기회다!

펜릴은 뒤로 등을 돌리고 정신없이 달렸다.

갈비뼈가 두 개, 세 개는 날아 간 것 같다. 어디가 어떻게 부셔졌는지 정확히 감이 잡히지 않는다. 옆구리 전체가 없어진 것이 아닌가 착각이라도 들 정도로 고통스럽기 때문이다.

하지만, 살고자하는 의지 때문에 과도한 아드레날린이 분출되며 고통을 잊어주었다.

타탁, 타탓-!

나뭇가지가 뺨을 스쳐 지나간다. 눈앞의 시야가 빠르게 뒤로 밀려난다.

펜릴은 지금까지 마나연공법으로 모아두었던 마나를 전부다 사용했다.

전신에 활력이 생긴다. 발이 빨라지고 시야가 더 멀리까지 펼쳐진다. 청각은 수 백 미터 멀리까지 정확하게 잡아낸다. 그 때문에 뒤에서 웨어울프가 맹렬하게 쫓아오고 있음을 보지 않아도 알 수 있다.

점점 녀석의 소리가 크게 들린다. 그건 거리가 가까워졌다는 소리다.

이대로는 잡힌다!

'녀석은 내가 마체테 외에 무기가 없다고 생각하고 있다.'

그건 기회다.

어차피 잡힐 거라면 최소한 반항이라도 해봐야 한다.

'어떻게?'

펜릴은 좀 전에 버려두었던 활과 화살을 기억해냈다.

생각을 마친 그는 등 뒤에 있던 배낭에서 수통을 꺼내어 얼굴과 손을 닦아냈다. 차가운 물이 느껴지자 정신이 확 깼다.

'가자.'

◆

웨어울프는 주위를 둘러보았다. 코는 쉴 세 없이 움직였다.

녀석은 바보다. 웨어울프의 코는 누구보다도 뛰어나다. 녀석은 샤벨 타이거를 죽이기 위해, 샤벨 타이거의 냄새로 위장했다.

그 냄새를 찾는다면 어렵지 않다.

두려울 건 없다. 녀석이 또 다시 모래를 뿌릴 것을 예상한다면, 더 이상 반항 할 수 있는 건 없다.

괘씸한 녀석이다.

내 영역에 침범하다니.

그것도 모자라 내 사냥을 방해까지!

녀석을 죽이고 샤벨 타이거와 함께 만찬을 즐기겠다.

가까운 곳에서 냄새가 나기 시작한다.

웨어울프는 그곳을 향해 달려들며 팔을 휘두른다.

뭐야?

허공에 잡히는 게 하나도 없다.

똑바로 눈을 뜨고 바라보니 허공에 옷가지만 날린다.

그래! 이건 녀석의 옷이다.

후각이 뛰어나다는 걸 깨닫고 옷을 벗고 도망 간 것이다.

멍청하긴.

그 옷을 입고 있었던 몸에서는 냄새가 나지 않을까?

냄새를 다시 추적하면 녀석의 위치는 금방 탈로난다.

크워?

녀석의 냄새가 흐릿하다. 이 금방에 흐릿한 냄새가 가득하다.

어디냐? 어디 있는…!

그때, 뭔가 하늘에서 뭔가 떨어진다.

거기냐?

잘도 그런 곳에 숨었구나!

◆

펜릴은 벗어놓은 옷가지를 주위 나뭇가지에 걸어 놨다.

수통으로 얼굴과 손만 닦아도 냄새는 많이 지울 수 있
다.

미리 웨어울프가 오기 전에 나무 위로 올라가 시위를 걸
었다.

그는 화살 하나만 생각하고 있다.

덜그럭거리는 화살 통은 방해만 될 뿐이다.

아무리 마수가 질긴 가죽을 가지고 있어도 화살이 들어
갈 만한 부드러운 부위는 존재한다.

펜릴은 웨어울프가 다가오자 지체 없이 뛰어 내렸다.

웨어울프는 펜릴이 활을 들고 있자 조금 당황하는 눈치
다.

분명 더 이상 반항할 것이 있으리라 생각하지 못했던 걸
까.

펜릴은 웨어울프의 눈을 향해 활을 놓았다.

웨어울프는 모래 때문에 고생을 했다. 자연스럽게 손이
눈을 방어하기 위해 올라간다. 눈은 가죽이 보호하지 않는
부드러운 곳. 치명상을 입힐 수 있다!

"그래봤자 개새끼는 개새끼지."

덜컹!

활에서 괴상한 소리가 난다.

펜릴은 활을 놓았지, 시위를 놓은 건 아니다. 활이 왼손
에서 떨어져 내린다. 하지만 오른손으로는 시위와 화살을
붙잡고 있기 때문에 활이 떨어지는 건 아니다.

웨어울프의 눈앞으로 펜릴이 뚝떨어졌다.

시위가 온전히 걸린 채로.

펜릴은 마나로 시위를 당길 수 있는 만큼 뒤로 당긴 채
웨어울프의 배를 향해 화살을 쏘았다.

눈은 애초부터 노릴 생각도 없었다.

파앙-!

깨갱, 깨개갱!

화살이 반쯤 들어가 박힌다. 가죽이 질기다 해도 화살의
반은 이미 내장을 파고들어 걸레짝으로 파헤쳐버릴 것이
다.

퍼억!

"큭!"

웨어울프가 난동을 부렸다. 그 바람에 바로 앞에 있던
펜릴이 얻어맞고 뒤로 날아갔다. 아프긴 하지만 정신은 붙
어 있었다.

웨어울프는 화살을 뽑았다.

펜릴을 노려보더니 이내 뛸 자세를 취한다. 하지만, 금방 자세가 무너졌다.

뇌를 보호하는 두개골을 화살이 뚫을 거라 생각하진 않는다.

심장을 보호하는 단단한 갈비뼈를 화살이 뚫지도 못한다.

하지만, 부드러운 뱃가죽은 화살이 충분히 뚫고 지나갈 수 있다고 생각한 펜릴의 승부수가 제대로 맞아 떨어졌다.

펜릴도 어렵게 자리에서 일어났다.

마체테만 있으면 여기서 승부를 보고 싶었지만, 관두기로 했다. 맨손으로 상처 입은 맹수를 상대로 싸우고 싶은 마음은 추호도 없었다.

당장은 부러진 갈비뼈를 추스르고 쉬고 싶은 마음뿐이었다.

이미 웨어울프는 더 이상 움직일 수 없다.

펜릴은 웨어울프의 눈앞에서 유유히 사라졌다.

긴장이 사라지자 몸 이곳저곳이 쑤신다.

'살아남았다.'

아오오오오-

등 뒤로 구슬픈 맹수의 울음소리가 들린다.

저 울음소리를 듣고 웨어울프들이 몰려 들 수도 있다.

정신이 이미 아찔하지만 이곳에서 정신을 잃고 싶은 생

각은 없다.

펜릴은 기어코 걸어서 라크가 있는 통나무집에 도착할 수 있었다.

일주일을 넘게 모습을 드러내지 않던 펜릴이 도착하자 티라와 라크가 바깥으로 나왔다.

"도망간 거 아니었어?"

티라의 얘기에 펜릴이 손사래를 쳤다.

"내가 왜?"

"뭐야. 그나저나 어떻게 된 거야?"

"아무것도."

펜릴은 그 자리에서 쓰러졌다.

라크는 펜릴을 한 손으로 들쳐 업었다.

"마수를 만난 거냐?"

펜릴은 고개를 살짝 끄덕였다.

그런 펜릴의 시선에 라크의 팔뚝 각인이 보인다. 저 팔에 어떤 마수가 숨어 있는 줄 모른다.

펜릴은 몸을 부르르 떨었다.

"쉬어라."

라크의 말에 펜릴은 고개를 끄덕일 힘도 없이 그대로 정신을 잃었다.

몬스터 링크

monster link

또 다른 링커를 만나다

또 다른 링커를 만나다
monster link

3일간 열이 들끓었다.

부러진 갈비뼈들은 죄다 퉁퉁 부어 숨도 제대로 쉬지 못했다.

그런데, 펜릴은 열흘 만에 자리를 털고 일어났다.

더 이상 누워만 있을 수는 없었다. 갈비뼈가 부러진 건 여전하지만, 움직이지 못할 정도는 아니다. 나이가 워낙 어린 탓에 회복속도가 빨랐다. 아직도 숨 쉴 때가 조금 불편하긴 했지만 아픈 티를 내고 싶은 마음은 없었다.

"너 나한테 빚졌어."

"무슨 소리야?"

"나한테 빚진 거라고."

펜릴은 딱히 아니라고 잡아떼지 않았다.

열흘 동안 누워 있는 동안 지극정성은 아니더라도 간호를 했던 건 티라였다. 조사를 진행하는 과정에서 하루에 한 두 번씩은 꼭 찾아와 말상대를 해주거나 수건을 갈아주었다. 부러진 뼈를 붙이는 데 좋은 약까지 해줬다.

펜릴이 누워있는 동안 사냥의 몫은 고스란히 라크가 했다. 라크는 그 과정에서 약초도 구해왔다. 티라는 그게 익숙한 듯 약을 손쉽게 달였다.

"고맙다."

"됐어."

티라가 고개만 살짝 돌린다.

예전 보다 표정이 많이 밝아졌다.

지난 몇 달간 살을 부대끼고 살았던 건 아니더라도 계속 얼굴을 마주치니 어느 정도 미운 정 고운 정 다 들었나보다.

처음, 그녀가 간호를 할 때만 해도 펜릴은 쉽사리 믿지 않았다.

'이 미친년이 뭐 잘 못 먹었나.'

그런데, 그게 하루 이틀 반복되니 티라에 대한 생각이 조금은 변했다. 토라진 모습이 제법 귀엽다.

"난 바쁘니 이만 일어나겠어. 너 때문에 밀린 조사가 많아. 움직이는 걸 보면 그렇게 걱정 안 해도 될 것 같고."

티라가 자리에서 벌떡 일어났다.

"걱정했어?"

펜릴은 이불을 덮어서는 티라를 올려다보며 묻는다.

"지랄 같은 소리 하지 말고 잠이나 더 자. 움직일 수 있
으니 때 되면 밥 먹으러 나오고."

"알았어."

티라가 나가자 펜릴은 마나연공법으로 오늘도 주먹 두
개 분량의 마나를 쌓아 놨다. 어딘지 모르게 마나가 없으
면 허전하고 전혀 안심되지도 않았다.

아직은 움직이는 게 불편하니 뭐 하나 제대로 할 수 있
는 게 없다.

'제법 걸을 수 있게 되면 이 근처의 지도를 만드는 게 좋
겠어.'

몬스터나 마수의 영역을 제대로 파악하는 게 중요하다.

실제로 샤벨 타이거의 영역은 알고 있었지만 웨어울프
가 살고 있을 것이라고는 생각지 못했다. 저절로 샤벨 타
이거를 추적하면서 웨어울프의 영역으로 들어가 버린 셈
이었다.

한낱, 동네 강아지새끼도 자기 소변으로 영역을 표시한
다.

또 다시 웨어울프의 영역을 피하려면 확실히 이 근방의
지도가 필요하다.

펜릴은 수북이 쌓인 동물들의 가죽을 바라보았다. 더 이상 활도 마체테도 없는 이상 사냥은 불가능하다.

"마을부터 가자."

◆

이틀이 지나자 몸 상태가 완벽하다. 뼈가 완벽히 붙은 건 아니더라도, 부었던 부위는 모두 가라앉았다. 숨을 쉬는 것도 크게 불편한 것도 없고 뛰지만 않는다면 문제는 없다.

펜릴은 해가 뜨기 전에 일어나 집을 나섰다.

"갈 줄 알아?"

그런데, 티라가 나타났다. 티라는 팔짱을 끼고 하품을 한다.

펜릴이 눈썹을 꿈틀거리자 티라가 손사래를 쳤다.

"괜한 오해는 하지마. 너를 보고 있던 게 아니라 잠시 바람쐬러 나왔다가 네쪽이 시끄러워서 보러 온 것뿐이니까."

부상 때문에 걱정되었다는 얘길까.

"무슨 일 있어?"

"우리 집에 환자가 너만 있다고 생각하지 마."

"환자? 아!"

라크는 링커다.

각인된 마수들의 영혼은 라크를 갉아먹는다. 그것이 얼마나 끔찍하고 고통스러운 일인지는 과거 영감과 같이 살때 알 수 있었다.

다만, 영감은 그 당시 자신을 보살펴줄 사람도 없었고 잠식 현상이 크게 진행된 상태였기 때문에 새벽에 자고 있던 펜릴이 일어날 정도로 고통스러워했다.

반면에 라크는 영감과 다르게 굉장히 조용하다.

물론, 같은 집에 살고 있는 티라는 아니었던 것 같다.

그녀의 눈두덩이가 부어있는 것을 보니 새벽에 잠을 자지 못했던 것 같다.

어딘지 모르게 약을 다리는 것도 능숙해 보인 것이 이 때문이었다.

"라크씨는 어떤데?"

"나도 잘 몰라. 가끔 그 녀석들이 말을 건다고 하는데, 그건 우리들한테 들리는 게 아냐."

얘기만 들어도 링커의 삶이 쉽지 않다는 게 느껴진다.

전부라고 할 순 없어도 분명 영감은 그 이유로 자살을 택했다.

영감은 조사를 끝마치고 불사의 초를 찾을 때 까지 자신의 목숨이 붙어 있을 것이라고 확신하지 못했다.

'그러고 보니 영감 이름도 모르는 군.'

지금까지는 큰 관심은 없었다.

다만, 마수의 힘을 경험하고 나서는 영감에 대해 조금 관심이 생겼다.

"근데, 내가 어딜 가는 줄 알고?"

"마을에 상단이 찾아온다는 얘기 듣고 가는 거 아녔어?"

처음 듣는 얘기다.

마을의 특산품들을 팔아줄 상단이 있다는 것은 알아도 그들이 오늘 오는 것이라곤 모른다.

"몰랐는데."

"삼개월에 한 번씩 찾아오니까 날짜를 기억해두는 게 좋아. 작은 마을에서는 구할 수 없는 것들을 구할 수 있으니까."

"그래?"

그건 행운이다.

가지고 있는 가죽들도 정기거래 하던 마을 상인보다는 어느 정도 제값은 받을 수 있을 것이다.

뿐만 아니라 마을은 질 좋은 무기 하나 구하기가 힘들다.

녹슬었던 마체테를 갈아 사용하면서 이미 강도가 많이 낮아졌다. 웨어울프와의 싸움으로 좋은 무기의 필요성을 느낀 펜릴은 상단의 방문은 반길 일이다.

"갔다 올게."

펜릴은 모아 놓은 가죽을 어깨에 들쳐 멨다.

◆

티라의 말 대로 상단이 찾아왔다.

생각 보다 큰 규모에 펜릴은 조금 놀랐다. 마을의 크기가 그렇게 큰 편이 아니었기 때문에 상단이 거래할 품목이 그렇게 많다고 여기지는 않았다. 아무래도 거래를 하는 간격이 워낙 길기 때문에 상단의 규모도 그만큼 커진 것 같다.

티라를 따라 이 마을을 여러 번 와봤지만, 혼자 오는 것은 또 처음이다. 오고 가는 길은 물론, 마을의 구조까지 완벽하게 외웠다고 생각했는데 상단이 오면서 길이 제법 헷갈린다. 그만큼 거리에는 사람이 넘쳐났다.

"괜찮은 물건을 가지고 있는 걸?"

등 뒤에서 들린 소리에 펜릴이 고개를 돌렸다.

그리고 눈을 조용히 밑으로 내렸다.

나이는 조금 더 많아 보이는데 키는 한참 작은 남자가 펜릴을 올려다보고 있다.

"가죽 상태가 아주 좋아!"

상인이라면 흠집 내기가 우선이다. 그래야 값싸게 구입할 수 있기 때문이다. 그런데, 그건 펜릴을 이방인이라고 알고 있을 때다.

이 마을과 정기거래를 하고 있다면 최대한 마을 사람과

친밀도를 유지하는 것이 좋다. 그래야 안정적인 공급을 지속할 수 있기 때문이다. 오늘 들어온 상단은 마을 사람들의 얼굴을 다 외우지 못한다.

"사실 생각입니까?"

"값은 후하게 쳐주지."

"좋습니다."

망설일 이유가 없다.

"따라와."

펜릴은 순순히 남자를 따라갔다.

남자의 이름은 드뷔시.

드뷔시 상단을 운영하는 주인이다.

행상인 50여명과 함께 호위무사까지 데리고 있을 정도로 제법 큰 상단이다.

펜릴은 기존보다 무려 2배에 가까운 돈을 받고 팔아 넘겼다.

그만큼 마을에서 펜릴에게 얼마나 싸게 사가고 있던 건 줄 알 수 있었다. 펜릴이 이방인이라는 사실을 알면 분통을 터트렸겠지만, 굳이 그 사실을 알릴 필요는 없었다.

드뷔시 상단은 많은 품목을 판매했다.

펜릴의 생각대로 질 좋은 무기들도 여럿 있었다.

그 중 펜릴은 괜찮아 보이는 마체테 하나를 들고 이리저리 휘둘렀다.

"워, 워. 조심하게, 조심!"

행상인이 과도하게 겁에 질려 몸을 뒤로 뺀다.

마체테는 기본적으로 안에서 바깥으로 베는 것이 원칙이다.

목적이 정글이나 숲에서 수풀이나 나무의 가지를 치기 위해 존재하기 때문에 바깥에서 안으로 휘두르게 되면 재수 없을 경우 자신의 무릎을 찍을 수도 있다.

그 때문에 행상인이 갑자기 자신쪽으로 휘둘러진 마체테 때문에 몸을 사린 것이다.

"얼마예요?"

마체테의 무게감에 마음에 든 펜릴은 주머니를 뒤적거렸다.

상인은 손가락 세 개를 폈다.

펜릴의 손이 그 자리에서 멈췄다. 생각했던 것 보다 너무 비쌌다.

300실링.

중소도시만 가도 괜찮은 마체테는 150실링이면 구입한다.

그 두 배에 해당하는 가격이다.

"안 살 거면 말고."

상인은 펜릴의 손아귀에 있던 마체테를 빼앗았다.

"사요, 사!"

아쉬운 건 펜릴이다.

가죽을 비싸게 팔았다고 희희낙락했는데, 오래 가지도 않는다.

반대로 상인의 얼굴이 희희낙락이다.

펜릴은 사는 김에 똑같이 생긴 마체테 하나를 더 샀다.

앞으로 마수와 싸우게 된다면 이가 나가고 녹이 스는 경우는 더 많아질 것 같았다.

가죽을 팔고 받은 돈이 이제 딸랑 100실링만 남았다.

100실링은 펜릴 혼자서 돈을 사용한다고 봤을 때, 이틀. 아껴서 쓰면 삼일은 여관방에서 머무를 수 있는 돈이다.

펜릴은 양쪽 허리춤에 마체테를 매고 다시 시장을 거닐었다.

남은 돈으로 딱히 뭐하나 제대로 할 건 없었다. 하지만 시장을 구경하는 것만으로도 만족스러웠다.

쿵!

그때, 펜릴의 몸이 크게 앞으로 쏠렸다.

펜릴은 가까스로 중심을 잡고 고개를 뒤로 돌렸다.

과도하게 옷으로 자신의 몸을 가린 남자가 펜릴을 치고 지나갔다. 그 남자는 펜릴을 쳐다보더니 그대로 다시 걸어 갔다.

'링커다!'

그 남자는 발목에 새겨진 각인은 가리지 못했다. 아니

면, 굳이 가리지 않은 것일지도 모른다. 몸을 가린 것으로 보아 발목 뿐만 아니라 상체 어딘가 에도 각인이 있을지도 모른다.

펜릴은 링커가 아니다. 그 사람과 어떤 연관성도 없다.

하지만, 영감과 라크 이후로 처음 보는 링커다.

호기심이 절로 생겨났다.

이 작은 마을에 대체 링커가 왜 나타났단 말인가.

'라크나 티라와 관련이 있는 사람인가?'

수많은 생각이 든다.

하지만, 고작 저 사람이 링커라는 정보 하나만으로 알 수 있는 건 아무도 없다.

고민은 길지만 해답은 하나다.

◆

펜릴은 멀찍이서 추적했다.

'상대는 링커다. 500미터도 안심할 수 있는 거리가 아냐.'

샤벨 타이거를 추적할 때 보다도 더욱 긴장된다.

펜릴은 지금이라도 추적을 포기하고 돌아갈까 고민했다.

단순히 링커라는 이유만으로 뒤를 쫓는다는 건 결코 당

하는 입장에서 유쾌한 경험은 아니다.

'라크는 링커들 사이에 감정이 그렇게 좋은 편은 아니라고 했지.'

결국은 불사의 초를 찾는 잠재적인 경쟁자들이다.

이론적으로는 불사의 초를 찾아, 죽지 않는 몸이 된다면 인간의 한계라고 생각했던 세 곳을 넘어 모든 신체 부위에 각인을 시킬 수 있다고 했다.

보기 힘든 링커가 이곳에 나타났다. 우연으로 단순히 이곳을 지나가는 사람일 수도 있다. 하지만, 펜릴이 생각하기에 남자의 분위기는 어딘가 모르게 이상했다.

'정말, 아무것도 아니다 싶으면 그때 빠지면 돼.'

들키지 않을 자신은 있다.

펜릴은 사냥꾼이다. 기본적으로 몸을 숨기는 방법에 대해서는 잘 알고 있다.

거기다 마나연공법 덕분에 행동은 빨라지고 정숙해졌다.

남자는 마을을 빠져 나와 인근 숲으로 들어갔다.

수풀들이 펜릴의 앞을 막았지만, 그 어떤 소리도 들키지 않기 위해 돌아서 길을 찾았다. 거리는 점점 멀어지지만 흔적은 지워지지 않는다. 인간의 족적은 특이하다. 특히나 상대는 흔적을 지우는 기본적인 행위도 할 줄 모른다. 이런 상대를 쫓는 건 매우 쉬운 일이다. 펜릴은 남자의 흔적을 쫓으면서도 자신의 흔적은 완벽하게 지워냈다.

상대편이 조금 치밀한 자라면 자기가 왔던 길로 그대로 되돌아갈 가능성도 높기 때문이다.

'보인다.'

숲속에서도 제법 땅이 평평한 공터가 보인다. 한 가운데 서있는 남자는 어딘가를 유심히 살펴보고 있다. 입이 끊임 없이 움직이는 걸 보면 누군가 있는 것 같다.

펜릴은 주위를 슬쩍 둘러봤다.

자신이 있던 위치에서는 시야가 가리는 것들이 많아 남자가 있는 쪽이 제대로 보이지 않는다. 그리고 만약 들켰을 경우 도망가기도 쉽지 않다.

'발목에 각인모양을 봤을 때, 분명 저 사람도 특이한 능력을 가지고 있겠지. 평범하게 움직인다면 들킨다.'

라크의 랩터 능력이라면 500미터를 10초도 안 되는 시간에 주파할 수 있다. 그런 경우의 마수라면 도망가고 싶어도 도망 갈 수도 없다.

'있다!'

근처에 가장 눈에 띈 곳은 바위로 이루어진 언덕이다. 아무래도 그곳이 위기 때문에 아래로 내려다보는 편이 좋을 것 같다.

게다가 단숨에 올라오는 것도 쉽지 않을 테니 충분히 흔적을 지우며 도주하는 것 까지 시간을 벌 수도 있다. 흔적을 지우지 않는 남자의 행태로 보아, 상대방을 추적하는 기술은 없는 것 같았다.

펜릴은 포복자세로 바위언덕까지 올라갔다.

생각대로 위에서 내려다보니 공터가 제법 잘 보였다.

마나를 활용한다면 더욱 뚜렷하게 볼 수 있지만 포기했다.

링커들 중에 마나연공법을 수련한 사람은 제법 있다. 저 사람이 마나연공법을 알고 있다면 근처에 작은 마나의 파동만으로도 이상한 분위기를 감지할 수도 있다.

다행히 사냥꾼으로 자란 펜릴은 시력만큼은 타고났다.

'드뷔시라고 했었나?'

남자의 앞에는 방금 전, 펜릴의 가죽을 몽땅 사갔던 드뷔시라는 상인이 있었다.

드뷔시의 뒤로 칼 찬 무사들이 여럿 보인다.

그의 상단은 제법 컸다. 마을을 벗어나면서 안에 있던 무사들을 데려온 듯 하다.

남자와 드뷔시는 상당히 심각한 대화를 주고받았다.

펜릴은 대화의 내용까지 듣는 건 포기하고 상대방의 표정에 주목했다. 두 남자는 상당히 심각한 대화를 주고받고는 드뷔시에 뒤에 있던 무사 중 하나가 등에 메고 있던 거대한 궤짝 하나를 남자 앞에 내려놨다.

'저건….'

드뷔시가 궤짝을 열어젖혔지만 내용물은 도통 알 수가

없다.

남자는 궤짝에서 그 내용물들을 꺼냈다. 양손으로 하나씩 든 걸 보니 내용물은 두 개가 끝이었다.

'팔?'

남자가 들고 있는 모습을 보니 팔이 맞는 것 같다.

부욱, 부욱-

그리고 남자는 자신이 입고 있던 옷을 찢었다. 그의 양 팔에는 자신이 링커라는 걸 과시하듯 커다란 각인이 찍혀 있었다.

펜릴의 눈은 정신없이 남자의 몸을 훑었다.

'팔과 발목 말곤 없는 건가.'

두 개 이상의 각인은 재능이라고 했다.

일단 드러난 곳만 보면 각인의 위치는 두 곳이다.

남자는 그대로 자리에 주저앉더니 인정사정없이 각인이 있던 자신의 팔을 찔렀다.

끄아아악-

남자의 양 팔에서 기괴한 비명소리가 들렸다. 남자는 지체 없이 궤짝에서 나온 기괴한 팔을 베어서 나온 피를 입으로 꿀꺽 꿀꺽 마시기 시작했다.

그 과정에서 궤짝의 팔에서 검은 영혼이 위로 올라왔다. 그러더니 남자의 팔, 상처가 생겼던 각인으로 빨려 들어갔다.

펜릴은 처음 보는 링커의 각성 모습이었다.

'이미 존재하는 각인을 부수고 다른 각인을 세우려면 더 등급이 강한 마수여야 한다고 들었는데.'

한번 든 각인은 부술 수 없다. 하지만, 각인을 더 강한 마수로 교체한다면 가능하다. 교체하면서 더 약한 마수의 영혼이 잡아먹히기 때문이다. 물론, 더 강한 마수일수록 잠식의 속도는 빠르고 수명을 더욱 갉아 먹는다.

남자는 숨을 크게 들이 마시며 고개를 위로 치켜들었다.

새로운 마수가 팔에 각인되자 상처는 완벽하게 지워졌다.

남자가 고개를 밑으로 내리자 드뷔시의 뒤에 있던 무사들이 뒤로 한 발자국 물러나며 손의 위치를 허리춤으로 옮긴다.

'분위기가 이상한데?'

남자와 드뷔시가 대화를 주고 받더니, 드뷔시가 펜릴이 있는 곳 까지 들릴 정도로 쩌렁쩌렁하게 말했다.

"놈을 죽여라!"

뒤에 있던 무사들이 한 순간에 칼을 뽑아 들고 남자를 향해 달려들었다.

남자는 눈앞에 달려드는 여럿 무사들을 보고도 아무렇지 않게 그대로 앞으로 달려 나갔다. 발목의 모양이 변한 걸 보면 그는 잠자고 있던 발목의 마수를 깨웠다.

'발목 밑으로 각인이 된 건가?'

라크의 각인은 같은 하체라고 해도 허벅지까지 포함해서 밑으로 내려간다. 남자의 각인은 특이하게도 오로지 발목밑까지다.

분명히 능력은 라크에 비해 떨어질 지도 모르나 잠식에서 오는 고통을 최소화시킨 것이다.

남자는 작은 도약 한 번으로 무려 오 미터 이상을 뛰어넘어 무사들의 뒤에 떨어졌다. 그 위치에는 바로 드뷔시가 있었다.

남자의 양 팔은 순식간에 기괴한 모습으로 변했다. 궤짝에 있던 그 팔의 모습과 동일했다. 팔에서는 하얀 털이 솟구치고 두께는 인간의 허리를 연상케 할 정도로 두껍다.

펜릴은 저 팔을 본 적이 있었다.

'웨어울프의 팔이다!'

팔만 덩그러니 있을 때는 알아보기 어려웠지만, 남자가 각성을 시키고 나니 알아볼 수 있었다.

콰앙!

남자가 휘두른 팔에 드뷔시가 맞고 날아갔다.

비명 소리도 없었다.

펜릴은 저도 모르게 몸이 움츠러들었다. 한 편으론 웨어울프에게 맞았던 갈비뼈가 욱신거렸다. 피하는 와중에서 얻어 맞는 데도 갈비뼈가 여럿 부러졌다. 인간의 몸으로 버틸 수 있는 수준이 아니다.

드뷔시가 움직이지 않자 남자와 무사들 사이에 싸움이 일어났다.

싸움은 일방적으로 끝났다. 무사들의 칼은 남자의 털 끝 하나도 데지 못했다. 뛰어난 도약력과 스피드를 가진, 발목의 마수와 웨어울프의 팔은 이미 상상을 뛰어넘는 파괴력을 지닌 조합이었다.

싸움이 끝나자 남자는 다시 인간의 모습으로 되돌아왔다.

잠시 후, 그 남자가 위치를 벗어나자 펜릴은 고민이 되었다.

'어떡하지?'

저 남자의 싸움을 보니 몸이 움직이지 않는다. 지금 저 남자의 눈에 띈다면 죽는다. 펜릴은 숨 까지 완벽하게 죽이며 기척을 숨겼다. 눈으로는 자신이 왔던 길을 다시 한 번 확인해보며 흔적의 흔적까지 완벽하게 살폈다.

'저 남자의 기척이 완벽하게 사라질 때 까지 숨어 있자. 그때 움직여야 돼.'

마음 한 구석 어딘가가 불편하다.

드뷔시라는 저 남자는 완전히 모른다고 잡아 뗄 수는 없었다.

이러나저러나 분명히 펜릴은 저 남자와 작은 인연을 맺

었던 것은 사실이다.

펜릴은 눈으로 남자의 모습이 완벽히 사라지는 것을 보고 바위언덕에서 내려왔다. 그리고 살금살금 드뷔시가 있던 곳으로 조금씩 전진했다.

위에서 볼 때는 거리가 그렇게 멀어 보이지 않았는데, 막상 소리를 죽이고 걸어야 하니 제법 시간이 걸린다.

펜릴은 몸을 숙이고 쓰러진 무사들 곁으로 다가갔다. 손가락으로 인중 근처에 대니 아무런 반응도 없다. 펜릴은 그 옆의 무사는 무시하고 다른 무사로 다가갔다. 이미 그 무사는 몸이 갈기갈기 찢어져서 살아있다고 볼 수 없었다.

'다 죽었군.'

예상 했던 일이다.

펜릴은 마지막으로 드뷔시에게 향했다.

"쿨럭! 컥! 컥!"

갑자기 드뷔시가 피를 토해낸다.

펜릴은 빠르게 다가가 드뷔시의 고개를 팔로 들었다.

"누, 누구?"

드뷔시가 펜릴의 얼굴을 보고 물어온다. 하지만, 펜릴은 싸그리 무시하고 몸 상태를 확인했다.

"몸은 어때요?"

드뷔시가 피식 웃는다.

"아, 아까 그 가죽 팔았던… 그런데, 여긴 어떻게?"

"그 남자가 이상해서 따라와봤을 뿐이에요. 포션이나 그런 것 없어요?"

드뷔시가 고개를 내젓는다.

펜릴은 그래도 계속 드뷔시의 몸을 뒤졌다. 보통 자기들이 많은 돈을 버는 사람들이라면 포션을 하나 둘 쯤은 보유하고 있는 사람들도 있다.

드뷔시는 펜릴의 팔을 붙잡고선 얘기했다.

"나, 난 곧 죽는다."

드뷔시가 몸을 덜덜 떨었다.

펜릴은 주위를 살폈다. 피를 워낙 많이 흘려서 체온이 떨어진 것이다. 급한 대로 자신의 옷을 벗어서 드뷔시의 몸을 덮어주었다.

"그래서요?"

"그, 노, 놈과 거, 거래를 하지 말았어야 했는데. 쿨럭! 쿨럭!"

드뷔시의 눈이 생기를 잃어간다.

"노, 노, 놈이 라, 라크라는 남자를 찾는다고 했다. 아, 아마 마, 마을에 있다는 애, 얘길 듣고 그, 그곳으로 가, 갈 것 같다."

드뷔시는 펜릴의 손을 강하게 붙잡았다. 잡은 그의 손이 덜덜 떨렸다. 하지만, 그는 오래 버티지 못하고 이내 숨을 거뒀다.

펜릴은 그를 바닥에 눕히고 자신이 왔던 흔적을 완벽하게 지웠다.

묻어주는 일 따윈 하지 않았다.

마수를 사냥하는 게 아니다. 굳이 자기를 드러낼 필요는 없다.

드뷔시가 마지막에 했던 말이 마음에 걸린다.

'라크.'

그 남자는 라크가 이 근처에 있다는 걸 알고 있다.

무슨 이유인지는 모르지만 라크를 노리고 있다.

드뷔시는 마을에 있는 상단이 걱정되었을 것이다.

'마을에 있는 상단의 무사들이 움직인다고 해도 그 자를 막는 건 무리다.'

링커들이 기사들보다도 월등히 뛰어난 힘을 가지고 있다는 것을 모르는 사람은 없다. 펜릴은 왼쪽과 오른쪽을 번갈아 쳐다 보았다. 왼쪽은 마을로 돌아가는 길, 오른쪽은 라크가 있는 집으로 돌아가는 길이다.

'빌어먹을.'

선택의 순간은 항상 고민되었다.

♦

에티오는 두 개의 각인을 가지고 있다.

하나는 웨어울프의 팔이고, 하나는 곤조의 발목이다.

웨어울프의 가죽은 질기고 신축성이 좋으며 회복이 빠르다.

또한 인간으로썬 상상하기도 힘든 파괴력을 지니고 있다.

최고의 장점은 무기를 사용할 수 있다는 점이다.

여타 무기들을 이용하는 링커들이 최고의 파괴력을 지닌 오거의 팔을 거부하는 이유는 그것에 있다. 오거의 손에 비해 무기는 턱 없이 작고, 또 각성할 때를 대비해서 오거가 사용할 만한 무기를 들고 다니는 것 자체가 무리였다.

곤조는 하급 마수다.

그런데, 다른 마수들에게 잘 잡히지 않는다.

그건 발목 힘이 워낙 좋기 때문이다. 아무래도 전투적 능력 보다는 마수들에게 도망가는 능력이 월등히 뛰어나다.

생김새는 타조가 떠오르지만, 부리가 조금 더 길고 크기는 거의 3미터에 다다른다. 일부 부족에서는 곤조를 어릴 때부터 키워 말 대신 사용한다는 얘기도 있다.

곤조를 각성시킬 때의 가장 큰 장점은 잠식 부위가 작기 때문에 고통이 심하지 않다.

인간을 비롯해 대부분의 마수들, 동물들은 달리기를 할

때나 혹은 도약을 할 때 허리부터 허벅지, 종아리까지 내려오는 그 힘을 폭발적으로 이용하지만 곤조는 오로지 발목만의 힘으로 도약이 가능하다.

잡기가 어렵다 뿐이지, 일단 잡으면 어떤 링커들 간에 곤조를 탐낸다. 링커들 사이에서 곤조의 발목은 엄청난 가격에 거래되곤 한다.

그런데, 문제는 에티오가 두 개 이상의 각인을 시킬 정도의 재능은 없다는 점이다.

과거 제국이 북방 이민족을 몰아내기 위해 병사와 기사들을 대거 투입시켰지만 대패를 당했다. 이민족들이 사용하는 링크를 몰랐기 때문이다. 이민족들은 땅을 지키기 위해 대부분이 링커가 되었다. 그들은 고작 하나만 각성시키고도 기사들을 압도했다.

기사와 마법사의 재능은 하늘이 내린다. 허락되지 않은 자들은 그 경지를 밟아볼 수 없다.

하지만, 링커는 자기가 원하면 될 수 있다. 더군다나 웬만한 기사나 마법사보다도 강력하다. 물론 치명적인 조건을 감수해야 하지만 그건 그만큼 매력적이었다.

에티오는 자기에게 재능이 없다는 걸 알면서 곤조의 발목을 각인시켰다.

곤조의 발목은 그만큼 매력적인 마수의 능력이기도 했고 잠식이 느리고 범위가 좁았다.

그걸 보완하기 위해 있는 돈을 모조리 써서 질이 썩 좋지는 못해도 마나연공법까지 배웠다. 실제로 그런 식으로 하나뿐인 재능을 두 개로 늘린 경우도 여럿 있었다.

그런데, 곤조의 발목을 각인시킨 뒤부터 팔의 잠식 속도가 월등히 빨라졌다. 마나연공법을 이용하여 잠식속도를 줄이려고 해도 속도는 점점 빨라졌다.

그렇게 1년이 지났다.

에티오는 밤이면 잠을 자지 못했다. 잠식당한 마수의 영혼이 그를 깨웠다. 곤조의 발목은 계속 간지러웠다. 간지럼 때문에 발을 긁다보니 어느새 발톱이 빠졌다. 그런데 시간이 지나도 발톱이 다시 자라지 않았다.

팔은 제멋대로 움직였다. 의도치 않게 남을 때리거나 싸움이 일어나는 경우가 많아졌다.

잠식범위는 점점 늘어났다.

에티오는 점점 불안해졌다.

이대로 팔이 움직여 자해라도 하는 건 아닐까 걱정이 됐다.

그러다, 링커들 사이에서 라크에 대한 소문을 들었다.

'라크는 세 가지를 각인한 링커다. 그런데, 아직까지 살아 있는 것도 모자라 젊음을 유지하고 있다. 그에게 불사에 대한 해답이 있다.'

에티오는 그 소문만 믿고 무려 3년을 넘게 라크를 찾아다녔다.

그 동안 그는 점점 잠식 범위가 넓어지며 완전히 몸을 마수에게 빼앗겼다. 오로지 지금은 라크를 찾아야 된다는 생각이 정신을 지배했다.

에티오는 또 다시 정신이 아득해지는 걸 느꼈다.

몸은 더 이상 그의 의지를 따르지 않았다.

정신을 잃고 나면 또 어떤 현상이 일어날지 아무도 몰랐다.

하지만, 에티오의 정신은 이미 제어를 잃었다. 그리고 자고 있던 마수가 깨어났다.

◆

"리, 링커다!"

에티오의 정체를 제일 먼저 깨달은 건 드뷔시 상단의 무사들이었다. 시골마을의 사람들은 듣고도 어리둥절한 표정으로 고개를 갸웃했다.

무사들이 칼을 뽑고 나서야 상황을 깨달았다.

"도망쳐!"

"피해라!"

마을 사람들이 좌판 대를 그대로 놓고 뿔뿔이 흩어졌다.

에티오는 더 이상 숨길 것도 없이 웨어울프의 팔과 곤조의 발목을 그대로 각성시킨 채로 마을을 돌아다녔다. 숨을 쉴 때 마다 나오는 독한 냄새와 연기는 이미 마수의 그것을 연상케 했다.

그는 닥치는 대로 보이는 마을 사람들을 죽이기 시작했다.

그러다 이따금씩 라크의 위치를 물어봤다. 특히 드뷔시 상단의 무사들을 보고서는 그냥 넘어가는 법이 없었다.

"라크는?"

"모, 모른다!"

드뷔시 상단은 모르쇠로 일관했다.

물론, 그들의 행동은 곧바로 죽음으로 이어졌다.

웨어울프의 강력한 근력과 스피드를 당해내지 못했다.

무사들이 공격을 하자 발목 힘으로 건물 위로 뛰어 오르며 가볍게 피해냈다.

무사들은 지붕으로 올라간 에티오를 공격할 수단이 없었다. 그저 화살만 몇 번 날릴 뿐, 분투를 삼켜야 했다. 특히 녀석이 나타난 뒤로 상단의 주인인 드뷔시가 모습을 드러내지 않는다는 점에서 그들은 사태를 예감했다.

몇몇 어린 무사들 사이에서는 주인이 죽은 이 마당에 과연 목숨 걸고 싸울 이유가 있을까라는 의구심까지 들었다.

에티오는 체력이 회복되자 다시 내려왔다.

그리고 그의 살육은 멈출 기세를 보이지 않았다.

보이는 대로, 닥치는 대로 모두 죽였다.

노인, 어른아이, 여자 할 것 없이 모두가 그의 대상이었다.

돼지를 기르던 작은 사육장으로 들어간 에티오는 모두 먹어 치웠다. 이미 그의 모습에서 인간을 엿보기는 어려웠다.

마을 사람들은 창문까지 모두 닫고 침대 밑으로 숨어 들어갔다. 지하창고가 있는 집은 모든 가족이 들어가 벌벌 떨었다.

마을의 자치대라고 용기 있게 나선 젊은이들도 단 한 번을 버티지 못하고 죽어 나갔다.

◆

펜릴은 마체테를 구입했던 곳으로 갔다.

링커가 마을에서 날 뛴다는 소문을 들었는지 이미 좌판대를 정리하고 있는 상인의 모습이 보였다.

"제일 좋은 활로 줘요."

펜릴은 들고 있던 100실링을 전부 다 줘버렸다. 상인은 금세 돈을 받아서 확인해 보더니 화를 냈다.

"이 돈으론 어림도 없어!"

"어차피 혼자서 다 들고 가지도 못하잖아요. 여기다 버리고 가는 것 보다는 돈 챙기고 파는 게 낫겠네."

"끄응."

상인은 이 순간에도 앓는 소리를 내며 고민했다. 그러더니 오른쪽 어깨에 걸쳐져 있던 활을 내려다봤다.

"이거 가격이 네가 준 것 보다 10배는 더 줘야 돼."

"알겠어요."

펜릴은 활을 주섬주섬 챙기며 떨어져있던 화살통도 뒤에다 걸었다.

"그건 왜 가져가!"

"비싼 활은 들고 있으면 화살이 알아서 나간답니까?"

"야! 이 도둑놈 같은 자식이…."

펜릴은 흩어진 화살들도 주섬주섬 주워서 화살통에 넣었다.

그리고 곧바로 활의 시위를 한두 번 튕겨보았다.

"괜찮지? 마수사냥꾼들이 사용하는 활이야."

상인은 끝까지 도망가지도 않고 활의 성능에 설명해줬다.

활의 성능은 활대와 시위의 탄성에 등급이 결정되는데, 상인의 말대로 근력이 없다면 시위를 당기기도 힘들 정도로 좋은 활이었다.

동물들을 사냥해서 힘줄을 꼬아 시위를 만들었던 기존 활에 비해 확실히 좋았다.

"지금은 이렇게 가는 데 나중에 만나면 돈 다 받을 줄 알아!"

상인은 엉거주춤한 자세로 엄포를 놓고 도망갔다.

펜리를 주위를 두리번거렸다.

링커에 대한 소식 때문에 이미 근방의 상인들은 물론, 마을 사람들 까지 모조리 사라졌다.

펜릴은 아무렇게나 펼쳐져있는 상자들을 밟고 지붕 위로 손쉽게 올라갔다.

'이게 내가 뭐하는 짓이지.'

의구심이 든다.

펜릴은 링커의 힘을 정확히는 모른다.

같이 살았던 영감도, 현재 라크도 자신의 능력을 크게 노출 시킨 적은 없었다.

하지만, 현재의 그 남자 능력은 자신이 생각했던 것 보다 훨씬 뛰어나다.

바로 앞에 있는 무사들의 머리를 넘어 도약해서 드뷔시라는 남자를 죽이고 그 뒤로 무사들을 처참히 죽였다. 어떤 이는 얼굴이나 가슴이 크게 함몰되었고 누군가는 찢겨 죽었다. 사람의 몸이 걸레짝처럼 찢어진다. 이건 엄청난 악력과 근력이 아니면 상상도 할 수 없는 일이다.

펜릴은 죽었다 깨어나도 그런 일을 할 수가 없다.

마음 같아서는 당장 집으로 되돌아가고 싶지만, 그 남자가 라크를 찾는 이 마당에 그냥 집으로 나 몰라라 갈 수는 없었다.

라크와 연관이 없다면 애초에 펜릴의 위치는 마을이 아니라 집으로 돌아가는 길이었을 것이다.

이 마을이 사라진다 해도 펜릴은 자신과는 아무 상관도 없던 일이기 때문이다.

펜릴은 등 뒤에서 화살을 하나 꺼내 입에 물었다.

고개를 좌우로 돌리며 그 남자의 위치를 찾았다.

'저기 있다.'

굳이 멀리서 찾지 않아도 된다. 마을은 작다. 그 남자가 자기의 위치를 저렇게 크게 드러내는 데 못 찾을 이유는 없다.

펜릴은 지붕과 지붕을 뛰어 다니며 남자에게 접근했다.

남자와 점점 거리가 가까워지면 가까워질수록 시체가 길거리에 즐비한 것들이 보인다.

남자는 길거리에 돌아다닌다. 이미 그의 앞에는 그 누구도 보이지 않는다. 그러다가 갑자기 문을 부수고 들어가더니 또 다시 혈향이 자욱해질 정도로 살인을 저지른다.

남자는 피가 뚝뚝 떨어지는 손으로 방금 죽인 남자의 팔목을 물어뜯는다.

밖으로 나와서는 그 옆집을 빤히 쳐다본다.

타앗.

펜릴이 마침 그 지붕위로 뚝 떨어졌다. 그 지붕위로 작은 구멍이 있다. 그 구멍으로 일가족이 서로 껴안고 벌벌 떨고 있는 모습이 보인다. 그들은 펜릴을 발견하고는 깜짝 놀라 입을 크게 벌렸다. 당장이라도 비명을 지를 것 같아 펜릴이 입에서 화살을 빼고 손가락검지를 입술 앞에 댔다.

"쉬잇."

펜릴의 손을 들었는지 급하게 손으로 입을 다문다. 펜릴은 자리에서 일어나 시위에 화살을 걸고 밑으로 내려 보았다.

콰앙-

남자는 마침 그 집을 박살냈다. 굳이 문을 박살 낼 필요도 없었다. 그저 자기가 들어갈 정도의 크기면 됐다.

펜릴이 남자의 머리와 일직선으로 그대로 시위를 당겼다.

빠르게 튀어나간 화살이 당장이라도 남자의 머리를 박살 낼 것처럼 날아간다.

깜짝 놀랄 탄성에 펜릴도 활을 놓칠 뻔 했다.

퍼억-

예상과는 다르게 남자의 어깨에 펜릴의 화살이 박힌다. 잠식현상이 일어났기 때문에 이미 어깨도 웨어울프의 가죽과 다르지 않았다. 얼마나 가죽이 질긴지 화살촉을 제외하고는 화살이 박힌 부분이 없었다.

남자는 화살을 어깨에서 빼내더니 고개를 위로 치켜든다.

그러더니 어떠한 도약 자세도 없이 위로 가볍게 점프를 한다.

그리고 마치 공중에 떠있기로 한 듯 상체만 펜릴의 앞에 모습을 드러냈다.

공중에 떠 있는 건 아니다.

곤조의 발목힘으로 집의 상단 부분을 부수고 지지대로 이용하여 서있는 것이다.

정말이지 엄청나다고 밖에 볼 수 없는 발목 힘이다.

저건 어떤 기사도 흉내 낼 수 없는 특별한 능력이다.

남자는 별 말 할 것도 없이 팔을 들어 올리며 펜릴을 향해 강하게 내리쳤다.

콰앙!

지붕이 그대로 큰 구멍이 생겼다.

펜릴은 뒤로 몇 발자국 빠지며 피해냈다.

남자가 발을 빼내고 지붕 위로 완전히 올라섰다.

"⋯⋯."

남자를 마주보니 펜릴은 오금이 저렸다.

정말이지 기괴한 모습이기 짝이 없었다.

발목은 인간이라고 볼 수 없을 만큼 타조의 발을 연상시켰고, 양쪽팔을 비롯해 어깨와 가슴까지 잠식 현상이 일어나 웨어울프와 같다.

얼굴의 절반도 털이 바짝 오른 모습을 보면 마치 흑마법
사들이 만들었다는 '키메라'를 연상케 했다.

남자의 머리카락은 하얀 백발.

피부도 노화가 계속되어 수명도 크게 남지 않은 듯 해보
였다.

저것이 링크의 대가다.

북방의 이민족들이 제국의 병력에 맞서 싸우기 위해 선
택했던 참혹한 대가!

펜릴은 활을 밑으로 내리며 말을 꺼냈다.

"라크씨의 위치를 알고 있다."

◆

"도망갈 생각이라면 꿈도 꾸지 않는 게 좋을 거다."

"……"

펜릴은 아무 대답도 안했다. 그저 고개를 살짝 뒤로 돌
려 에티오의 위치를 확인했다.

에티오는 펜릴의 등만 쳐다보고 있다. 전형적으로 사냥
꾼이 사냥감을 잡을 때 하는 행위다. 상황으로 보면 펜릴
은 그저 에티오의 사냥감에 불과하다.

'이성이 있는 건가?'

마을에서 봤던 에티오는 마수 그 자체였다.

지금의 모습은 온전히 인간에 가깝다. 다만, 시장에서 처음 마주쳤을 때보다도 노화현상이 빨라졌다.

'이자의 나이는 몇 살일까?'

링커들의 나이는 추측하기가 어렵다.

그 남자의 수명이 70살이라고 했을 때, 20살에 링커가 되면 45살에 죽는다. 그것도 하나만 링크를 했을 때, 능력을 각성시키지 않는다고 장담했을 때다.

각인을 풀어 능력을 마구잡이로 사용한다면 그 남자는 40세가 되기 전에 죽는다. 그리고 그건 각성 능력을 두 개, 세 개로 늘리면 더더욱 빨라진다.

지금은 60대의 모습을 하고 있지만 저 남자는 30대일 가능성이 크다. 특히나 무분별한 능력 사용과 그릇에 걸맞지 않는 각인은 그 속도를 빠르게 진행시킨다.

'능력을 각인시켰을 때, 링커들은 강해진다. 각인시키기 전이라면 그저 인간에 불과하다.'

펜릴의 예상이다. 하지만, 그것이 정답이다.

링커들의 약점은 각성시키기 전이다.

능력이 뛰어난 링커들이 암살자에게 허무하게 죽는 이유도 그것이다.

결국 그들은 능력을 발휘할 시간이 필요하다.

아무리 링커들이 마나연공법을 배운다 하더라도 능력이

발휘가 되지 않는다면 기사들의 상대는 되지 않는다.

펜릴은 자신의 허리춤에 위치한 마체테를 확인했다.

아무리 뛰어난 사냥꾼도 단 한시도 사냥감을 놓치지 않는 경우는 없다. 특히나 사냥감이 된 동물이 마수나 몬스터도 아닌, 인간이라면 말이다.

'라크의 위치를 말해준다면 날 살려줄까?'

아니다.

상대는 인정이 없다.

라크가 있는 통나무집으로 안내하는 순간, 이미 웨어울프의 팔을 각성시킨 뒤에 앞에 있는 사냥감을 단숨에 찢어발길 것이다.

놈의 악력과 폭발적인 근력은 인간의 상체와 하체를 분리시키는 것 따윈 식은 죽 먹기라는 걸 이미 마을에서 확인을 했다.

정말 살 떨리는 경험이 아닐 수 없다.

지금 당장이라도 죽을지 모르는 상황 속에서 자신도 아니고 남의 손에 턱 하니 목숨을 맡겨야 한다는 사실이 답답했다.

'내가 약하기 때문이다. 내가 약해서.'

약하기 때문에 상황에 끌려가는 거다.

사냥꾼은 사냥꾼이 되어야지 도리어 사냥감이 되는 것만큼 최악의 상황은 있어선 안 된다.

펜릴은 주먹을 꽉 쥐었다.

정말이지 더러운 꼴만 보고 있는 자신이 한심스러웠다.

"기다려."

펜릴이 걸음을 멈추자 에티오가 물었다.

"왜?"

"가는 길이 멀어. 오늘은 이곳에서 쉬자."

"도착은 오늘이다. 해가 진다고 해도 걷는다."

에티오는 협상을 모른다.

실제로 그는 이성이 어느 정도 돌아온 상태다.

하지만, 현재 그는 자신의 상태를 아주 잘 알고 있다.

이미 마수는 몸의 통제권을 빼앗아 갔고 언제 잠식이 또 진행되어 어떻게 죽을지도 짐작할 수도 없다. 어떻게든 라크를 찾고 불사의 초를 구해야 한다. 그러기 위해서는 시간이 없다.

펜릴은 난감한 표정을 지었다.

"농담하지마. 숲은 해가 빨리 진다고. 밤이 되면 마수가 튀어나올지도 몰라."

에티오가 코웃음을 쳤다.

"이딴 숲에서 나오는 마수는 뻔하지. 오늘 안내 하지 않는다면 널 죽이겠다."

"날 죽이면 라크씨를 찾지 못할 텐데?"

"지금까지 네가 거짓말을 한 게 아니라면 이 근처를 이

잡듯이 뒤진다면 있겠지. 아니면, 네놈의 팔과 다리를 자르고 물어 보는 것도 나쁘지 않을지도."

"알았다."

펜릴은 다시 걷기 시작했다.

안내를 위해서라도 다리는 몰라도, 팔은 자를 수도 있다.

특히 팔을 자른다면 저항도 할 수 없을 테니 에티오의 입장에서는 최선의 선택이다.

'여기 거리가 이렇게 가까웠나.'

집과 마을의 거리는 상당하다. 마나를 사용하며 질주를 해도 꽤 길다. 계속 걷기만 했던 것 같은데 눈에 익은 길이 계속 보인다. 통나무집까지 거리가 그렇게 멀지 않다는 얘기다.

'이 놈을 데리고 간다면 라크나 티라는 무슨 표정을 지을까?'

이러나저러나 좋은 뜻에서 라크를 찾는 건 아닌 것 같다.

에티오의 목적을 모르는 펜릴 입장에서는 고심 될 뿐이다.

목숨을 노리고 있다면?

혹 전투를 할 줄 모르는 티라가 잡힌다면?

만약 라크가 진다면?

라크가 이긴다면, 또 어떤 얼굴로 봐야 할까?

무언가 선택에 있어 미래를 모르고서는 정답이라고 콕 집을 수 있는 것들은 없다.

펜릴은 라크에 대해 떠올리다가 갑자기 우뚝 멈췄다.

"우리 집에 환자가 너만 있다고 생각하지 마."

오늘 새벽, 티라가 했던 말이 떠오른다.

"또 무슨 일이냐?"

"아니, 아무것도."

당장이라도 에티오는 펜릴을 죽이려고 기회를 엿 보는 듯한 느낌이다.

펜릴은 자책했다.

라크는 누워 있었다. 티라는 그를 간호하기 위해서 잠을 자지 못했다.

그도 링커다. 잠식현상이 분명히 온다.

특히나 지난 몇 달간 라크가 침대에 길게 누워있을 정도로 약한 모습을 보인 적이 없었다.

'아직 몸이 회복되지 않았다면 죽을지도 몰라.'

괜히 나서서 라크를 죽이는 꼴이 된다.

펜릴은 다시 발걸음을 옮겼다. 뒤에서는 자꾸 걸음을 멈추는 펜릴을 이상하게 생각할지 모르지만, 그만큼 그는 진지했다.

　살면서 지금 만큼이나 머리 아팠던 적이 없었다.

　"거기 아냐, 이쪽이야."

　펜릴은 지정된 길을 벗어나 수풀 쪽으로 들어갔다.

　"무슨 수작이냐?"

　"이쪽이 길이야. 라크씨는 동 떨어진 곳에 살고 있다고."

　"흥, 좋다. 길이 아니라면 네놈을 죽이면 그만이지."

　"마음대로 해."

　펜릴은 서서히 마체테를 꺼냈다. 에티오는 펜릴의 행동을 눈에 넣고도 아무런 대응도 하지 않았다.

　'지금 꺼내어 벤다면?'

　펜릴은 일부러 걸음 속도를 좁혔다.

　마체테의 사정거리까지, 그리고 적이 피할 거리까지 계산하기 위한 행동이다.

　"날 죽이고 싶다면 죽여도 좋아."

　에티오는 도발까지 걸어왔다.

　"오해는 하지 말라고."

　펜릴은 마체테를 그대로 꺼내 앞에 거슬리는 수풀을 그대로 툭툭 쳐냈다.

　놈이 어떠한 대비를 하지 않아도 이유를 알고 있다. 잘 보이지 않는 발목은 이미 곤조의 발목이 각성되어있을 것이다. 어떠한 동작도 하지 않고 단순히 발목을 살짝 움직이는 것만으로도 단숨에 사정거리를 벗어날 수 있다.

한 동안 잠잠히 따라오던 에티오가 물었다.

"언제 도착하지?"

"곧."

펜릴은 마체테를 다시 집어넣지 않았다.

작은 공터를 지나 다시 수풀 속으로 들어가던 펜릴은 그만 자신의 마체테로 무릎을 찍었다.

"큭!"

짧은 고통이 엄습한다.

마체테의 사용법을 모르는 초보나 할 짓이다.

걷는 데는 크게 무리가 없지만 피가 뚝뚝 바닥으로 떨어졌다.

"쉬고 싶다고 징징 대도 받아줄 생각 없으니 계속 걸어라. 지금 당장이라도 다리를 잘라 네놈의 머리끄댕이를 붙잡고 갈 생각이니까."

"그렇지 않아도 그럴 생각이다."

"행색을 보아하니 사냥꾼인 것 같은데 멍청하기 짝이 없는 놈이로군. 지 무기 하나 사용 할 줄 모르니."

"상관 하지마라."

"어차피 네놈 일이니."

펜릴은 고개를 치켜들어 올리며 하늘을 바라보았다.

출발 할 때만 해도 푸른 하늘이 지금은 노을 때문에 붉게 변했다.

숲에 해가 지고 있었다.

산새들은 조용해지고 동물들은 취침에 들어갈 것이다.

그리고 밤이 찾아왔다.

monster link

몬스터 링크

3년을 기다리다

NEO FANTASY STORY

3년을 기다리다
monster link

"다 왔냐?"

"아니."

"다 왔냐?"

"글쎄."

아리송한 대답이다.

결국 에티오가 폭발했다. 남은 이성을 잃을까봐 최대한
자제하고 있던 그가 드디어 칼을 뽑았다.

"네놈을 여기서 죽이겠다."

펜릴이 짜증을 확 냈다.

"위를 쳐다보라고! 해가 진 마당에 어떻게 길을 찾으라
는 거야?"

"그거야 네놈 팔을 자르고 다시 물어 보면 알겠지."

"마음대로 해! 있는 힘껏 비명을 질러 줄 테니. 라크씨가 근처에 있다면 네놈 목숨도 안전하다고 보장할 수 있을 줄 알아?"

"……."

에티오가 입을 다물었다.

"조금만 더 기다려봐."

펜릴은 그렇게 엄포를 놓고 다시 걸어갔다.

그러면서도 눈을 살짝 뒤로 돌려 상태를 확인했다.

'완전히 맛이 간 상태는 아니로군.'

안도의 한숨이 나온다.

에티오가 조금이라도 추적기술에 흥미가 있었다면 펜릴이 정작 사람 사는 곳과는 멀어지고 있다는 것을 알아챘을 것이다.

물론, 지금이 해가 진 저녁이라는 것도 에티오의 눈을 멀게 하는 데 한몫했다. 에티오도 자신의 남은 이성을 잃고 싶지는 않았는지 각성만큼은 최대한 자제하는 모습이었다. 그가 직접 칼을 뽑는 모습을 처음이었으니 말이다.

펜릴은 고개를 좌우로 돌리며 위치를 확인했다.

사실 펜릴도 이곳이 정확히 어딘지는 잘 모른다. 지도라도 있었으면 마음 편히 확인했을 텐데, 웨어울프에게 쫓긴

이후로 마음만 먹고 있었지 아직 근처를 모두 확인했던 건
아니다.

게다가 야간이라는 특수한 상황에 언제 자신의 몸을 찢
어버릴 링커가 뒤에 있다는 것 까지 펜릴이 냉정하게 생각
할 수 있는 여유가 없었다.

'이게 대체 무슨 꼴인지.'

자책해봤자 소용없는 일인걸 잘 알지만 하필이면 이
순간 자신이 왜 이곳에 이런 상황에 처한 것인지 모르겠
다.

마체테로 찍어 내린 무릎이 상당히 아프다. 제대로 지혈
도 하지 못했으니 아직까지 피가 흐른다.

펜릴과 에티오는 그 뒤로 어떤 말도 없이 계속 걷기만
했다.

여전히 펜릴은 에티오의 눈치를 봤고, 에티오는 남은 이
성을 지키기 위해 애를 쓰는 모습을 보였다.

하지만, 그 시간이 결국 길지는 못했다.

"늦었다."

에티오의 말 한마디에 펜릴이 고개를 뒤로 돌렸다.

"뭐?"

"지금 당장 네놈을 여기서 죽이고, 나 혼자 라크를 찾겠
다!"

펜릴의 눈동자가 배는 커졌다.

이미 에티오가 각성 현상에 들어가며 팔뚝이 부풀어 올랐다.

에티오는 칼을 바닥에 버렸다. 지금 당장이라도 눈앞에 있는 펜릴의 몸을 이등분으로 찢어버리고 싶은 생각밖에는 들지 않았다.

에티오는 강하게 펜릴을 향해 팔을 휘둘렀다.

'빠르다!'

하지만, 충분히 머릿속에서 예상했던 움직임이다.

아무리 각성능력으로 웨어울프의 강력한 팔을 가지고 있다 하더라도 진짜배기에 비하면 한 참 모자란 속도다.

펜릴은 몸을 지체 없이 뒤로 날렸다. 그런데 어딘가 모르게 몸이 무겁다. 피를 흘린 것도 모자라 아직 그는 완벽하게 갈비뼈가 붙은 상태가 아니다.

펜릴이 그대로 들고 있던 마체테로 에티오의 손가락을 찔렀다.

손가락 두 개가 그대로 허공으로 튄다.

"크아악!"

에티오의 비명소리가 들린다.

그런데 손을 멈출 생각은 없어 보인다.

"뭐야!"

팔이 갑자기 쭈욱 늘어나더니 펜릴의 다리를 붙잡았다.

비록 남은 손가락이 세 개 밖에 없다 하더라도 발목이

부러질 것 같이 엄청난 힘이 느껴진다.

"으아아악!"

웨어울프의 신축성을 예상하지 못한 펜릴의 실수다.

그대로 에티오의 지척까지 딸려 들어온 펜릴은 들고 있던 마체테를 그대로 에티오를 향해 휘둘렀다. 발이 공중에 떠있는 상태에서 정확하게 에티오를 향해 휘두른다는 것이 쉬운 일은 아니었다.

결국 마체테가 여러 번 허공을 헤매더니 에티오의 남은 손에 붙잡혔다. 에티오는 마체테를 바닥에 내팽개치더니 펜릴의 옆구리를 붙잡았다.

"컥!"

부러진 갈비뼈까지 충격이 고스란히 전달되는 느낌이다.

펜릴은 그때, 등 뒤에서 이상한 기분과 함께 몸이 부르르 떨렸다.

아오오오-!

늑대의 소리다.

에티오도 동작을 멈추고 고개를 좌우로 돌렸다.

팔목에 올라선 털이 곤두서기 시작한다.

'뭐가 뭔지는 모르겠지만.'

펜릴은 그 사이에 바닥에 떨어진 화살을 주워들었다. 이미 공중에 떠있으면서 등 뒤에 있던 화살통이 텅텅 비었다.

그리고 지체 없이 에티오의 눈을 찔렀다.

파악-!

순간, 방심했던 에티오가 깜짝 놀라 펜릴을 손에서 놓았다.

"크흑."

에티오는 뒤로 주춤주춤 물러났다.

화살이 박힌 눈에서 인간의 피와는 다른, 초록색 피가 흘러내린다.

도저히 에티오는 인간이라고 볼 수 없었다.

펜릴을 고개를 좌우로 돌렸다.

"역시!"

웨어울프다.

이곳은 웨어울프의 영역이다.

배에 난 작은 상처를 보니 펜릴을 죽이기 일보 직전까지 갔던 그 웨어울프다.

마수는 후각이 발달했다. 특히나 펜릴의 피 냄새를 알고 있는 마수다.

마체테를 잘 다루는 펜릴이 초보자 흉내를 내며 자기 무릎을 찍었던 이유다.

'나 뿐만 아니라, 웨어울프는 자신의 영역에 들어온 존재는 자신의 동족이라고 해도 죽인다고 들었다.'

웨어울프는 펜릴 뿐만 아니라 에티오까지 시선에 두고 있다.

펜릴은 떨어져있던 자신의 마체테를 들어 올렸다.

'이젠, 나도 모르겠다.'

펜릴은 뒤도 돌아보지 않고 뛰었다.

숲에서 웨어울프의 손아귀에서 벗어나는 게 쉬운 일은 아니다.

하지만, 펜릴의 뒤에는 웨어울프만 있는 게 아니다.

에티오도 있었다.

곤조의 발목이라고 장점만 있는 건 아니다.

애당초 곤조는 숲이나 산에서 서식하는 마수가 아니다. 드넓은 평야를 집으로 삼는다. 이곳에서 곤조의 발목은 아무런 소용이 없다.

나무들이 거치적거리기 때문이다.

웨어울프는 펜릴을 쫓기를 포기하고 에티오를 붙잡았다.

그리고 에티오와 웨어울프가 치열하게 싸웠다.

펜릴은 그 둘이 싸우는 모습을 보고 호흡을 고르며 나무 뒤로 숨었다.

에티오는 웨어울프와는 싸울 생각이 전혀 없었다. 어떻게든 펜릴을 죽이고 싶었던 것 뿐이다. 그런데, 웨어울프가 놓아주질 않으니 생각이 바뀌었다.

이미 이성을 잃어버린 에티오.

전투심을 활활 불태우며 웨어울프와 죽을 때 까지 싸움

을 벌였다.

의외라곤 해도, 싸움은 에티오의 승리로 끝났다.

웨어울프는 에티오에 대해 모르지만, 에티오는 웨어울프에 대해 잘 알고 있다. 더군다나 작기는 해도 마나를 다룰 수도 있고 곤조의 발목까지 전투에 가세하며 활발하게 전투를 벌였다.

하지만, 에티오도 상처가 없다고 말 할 순 없었다.

웨어울프는 근력이나 탄성, 유연성 등 자신의 영역이라는 것을 과시하는 듯한 기세까지 완벽하게 에티오를 앞질렀다.

웨어울프는 바위에 머리가 틀어 박혀 뇌수가 줄줄 흘렀지만, 에티오는 심장을 제외하고는 내부가 엉망이 되었다.

펜릴은 전투가 끝나자 바깥으로 나왔다.

엎어져 있던 에티오가 고개를 돌려 펜릴을 쳐다보았다.

그에게 당해 눈 하나는 완전히 시력을 잃었다.

크르르.

펜릴은 다소 그를 처량하게 쳐다보았다.

완전한 마수화.

이제는 몸 어디를 봐도 인간이었다는 것을 볼 수가 없었다.

링커의 마지막.

이것이 인간을 벗어난 능력에 대해 신이 준 가혹한 처벌.

펜릴은 마체테를 들어 올리며 에티오의 목을 쳤다.

◆

라크는 하급 마수들은 물론, 근처의 동물들에게 자신의 위압감을 과감없이 보여주었다. 그리고 나무를 반토막내며 이곳이 자신의 영역이라는 것을 알려주었다.

이곳은 웨어울프의 영역이었다. 하지만, 이제 그 주인은 에티오에게 죽었고 에티오는 펜릴의 손에 죽었다.

펜릴은 마체테로 나무 곳곳에 자신의 이름을 새겼다.

FenRyle.

삐뚤삐뚤, 자신의 이름 말고는 까막눈인 펜릴은 담담하게 말했다.

"여기는 이제 내 영역이다."

◆

작업을 끝낸 펜릴은 서둘러 자신의 다리를 지혈하고 에티오의 발을 붙잡고 이리저리 끌고 다니다가 적당한 곳에 묻어 주었다.

펜릴은 그 근처 동굴에서 밤을 지새웠다.

날이 밝자 곧바로 집으로 향했다.

"왜 이렇게 늦게 와?"

"어쩌다보니."

티라의 핀잔에 펜릴이 웃었다.

펜릴은 곧바로 집으로 들어가 옷을 전부 갈아입고, 무기도 피 냄새를 지웠다. 그것도 모자라 근처 냇가에 가 몸을 모두 씻었다.

다시 집으로 돌아오니, 티라뿐만 아니라 라크도 식사 준비에 여념이 없었다.

라크는 마수에게 시달린 듯, 굉장히 몸이 수척했다. 그뿐만 아니라 노화 현상이 진행되어 더 이상 며칠 전의 그를 상상하기란 어려워 보였다.

펜릴과 라크, 티라.

셋은 테이블에 앉아 일정한 속도로 식사를 했다.

그때, 티라가 잠시 자리를 비운 사이 라크가 딱딱한 분위기 속에서 먼저 입을 열었다.

"앞으로 사냥은 펜릴, 네가 해야 할 것 같다."

"알겠어요."

펜릴이 누워있는 동안 라크가 했다.

라크가 몸이 좋지 않은 것 같으니 펜릴이 전담하는 것이 맞다. 그런데 굳이 티라가 없는 이 자리에서 그런 소리를 하는 이유가 궁금해진다.

"그 소리가 아니다. 아마도 나와 티라는 이 집을 떠나야 할 것 같다.”

아직 1년이 되지 않았다.

6개월.

너무나도 짧은 시간이다.

그런데, 라크는 떠난다는 얘기를 한다.

그렇다는 건 그 사이에 변수가 생겼다는 얘기다.

“왜요?”

“당초 난 조사가 끝나기까지 1년 정도 생각하고 있었다.”

“그런데요?”

“예상보다 잠식의 속도가 빨라졌다. 예상으로 내 수명은 앞으로 3년이다. 3년 이내에 불사의 초를 구하지 못한다면 난 죽는다.”

라크는 40대로 보였다.

그런데, 지금은 60대로 보인다.

또 다시 잠식속도가 빨라지면 수명은 계속해서 줄어든다.

펜릴은 조용히 입을 다시 열었다.

“저도 데려가면 안 되나요?”

혼자 못 살 건 아니다.

그런데 1년이라 생각했던 시간이 줄어들자 어딘지 모르게 억울한 느낌이다.

"티라는 북방의 이민족의 언어를 읽을 줄 알고 쓸 줄 안다. 그 능력은 나보다 더 뛰어나다. 그 아이는 불사의 초를 구하는 데 반드시 필요하지만, 너는 아니다. 나는 너를 지켜줄 의무도 없고 불사의 초를 구하는 데 필요한 것도 아니다."

"그렇군요."

어딘지 모르게 씁쓸하다.

그래도 정이 들지 않았다면 거짓말이다.

"조사를 마친 건 아니다. 여전히 의문투성이다. 하지만, 지금이 아니라면 시간이 없다. 약속을 지키지 못해 너에게는 미안한 생각뿐이다."

라크는 자신이 할 수 있는 최고의 위로를 해주었다.

"알겠습니다."

펜릴은 받아들였다.

받아들이지 않는다고 해도 변하는 건 없다.

펜릴은 어린애가 아니다. 냉혹한 현실에 부딪힌 건 이미 열두살때 부터가 아니었던가.

그 뒤로 부터 죽기 살기로 살기 위해 매달렸다.

"집은 네가 가져도 좋다. 아니면 떠나도 좋다. 하지만, 떠나게 된다면 집 안에 있는 모든 것들은 불태워주길 바란다."

펜릴은 고개를 끄덕였다.

◆

"그 안에 돌아올 거야."

3년이다.

미래는 누구도 장담할 수 없다.

당장 내일 어떻게 될 지도 모르는 상황에서 티라의 말은 희망적인 얘기다.

"너랑 라크씨의 앞날에 행운이 있길 바랄게."

"무슨 소리야?"

"너희들이 떠난 후에 나도 나갈 생각이야. 물론, 라크씨가 부탁했던 대로 모두 태우고."

"바보 아냐? 아빠는 널 믿어서 이 집을 맡기는 거라고. 여기는 아직 우리가 완전히 조사하지 못한 자료들이 많아. 모두 가져갈 수가 없기 때문에 이곳에 두는 거야!"

펜릴이 인상을 구기며 물었다.

"그래서 나보고 어떻게 하라는 건데?"

"이곳을 버리고 내려간다고 해도 혼자 살 생각이라면 3년만 기다려 달라고. 그때는 반드시 아빠랑 나랑 불사의 초를 구해서 이곳으로 되돌아 올 테니까. 어쩌면 그 이전일수도 있고."

"그 이상일 수도 있지."

티라는 고개를 내저었다.

"아빠가 예상하는 자신의 수명은 3년이라고 했어. 불사의 초를 구하지 못한다면 그렇게 되겠지. 그렇다면 나도 바로 돌아올 거야. 물론, 반드시 불사의 초는 구하겠지만."

길다면 길고, 짧다면 짧은 시간이다.

조금 조금씩 이들에게 정이 생기고 있던 찰나에 생기는 이별이다.

이곳을 떠나 다른 곳에서 시간을 보낸다면 과거에 자신이 누구와 어떤 시간을 보냈는지도 기억조차 희미해질 것이다.

"생각해볼게."

"부탁이야."

티라가 저렇게 부탁하는 모습은 처음이다.

"그래서 어디로 갈 건데?"

"예전에 제국과 이민족들이 싸웠던 칼루스라는 지역이 있어. 제국이 현재 그곳에 도시를 세웠는데, 일단 그곳으로 갈 생각이야. 그곳에 단서가 있어."

제국의 땅은 넓다.

이민족들이 북방에 위치하고 있으니 걸어서 두 달은 넘게 걸릴 거리다.

"알겠어."

티라는 손가락 세 개를 들어 올렸다.

"고작 3년이야. 3년. 만약 그 이상의 시간이 지난다면 떠나도 좋아."

펜릴은 고개는 끄덕였다.

티라의 얘기는 어쩌면, 아니 어느 정도 이상의 가능성은 그 이상의 시간이 소요될지도 모른다는 얘기다. 그만큼 불사의 초를 구한다는 게 쉬운 얘기는 아닌 것.

불사의 초는 이민족들 사이에서 퍼져 나온 얘기다. 그리고 링커들이 눈에 불을 켜고 찾는 그 신비의 약초다.

하지만, 펜릴은 별 말 하지 않았다.

◆

라크와 티라가 떠났다.

별 말도 없었다.

새벽에 짐을 싸서 나간 듯, 아침이 되어 펜릴이 일어나니 집 안에는 싸늘한 공기만 가득했다.

펜릴은 집 안으로 몸을 들여놓았다.

혼자 사는 작은 통나무집에 비하면 이곳은 훨씬 낫다.

"3년……."

펜릴의 나이는 이제 열여섯이 되었다. 앞으로 3년 뒤면 열아홉이 된다.

드디어 성인이라고 할 수 있는 나이다.

펜릴은 라크의 서재로 들어갔다. 침실과 겸용하고 있지만, 서재의 크기는 제법 크다. 영감의 집에서 가져온 자료들로 빼곡하게 차있다.

이 자료들의 중요성을 알기 때문에 라크는 만약 집을 떠난다면 모두 태워 달라 얘기했다.

6개월밖에 되지 않았다.

그건 아직 자료의 절반 정도밖에 조사를 마치지 못했다는 얘기다.

그만큼 라크에게 시간은 촉박하다는 뜻이다.

평소에는 펜릴도 이 방을 출입할 수 없었다. 하지만, 이제는 그 누구도 뭐라 하지 않는다.

펜릴은 아예 자신의 짐을 빼서 이 방에 모두 집어넣었다.

집 지키는 개가 되었으니 철저히 개 노릇을 할 생각이었다.

워낙 혼자 살았던 경험이 많아 적응하는 데 크게 애를 쓰진 않았다.

펜릴은 사냥과 마나연공법을 이용하여 시간을 때웠다.

글을 읽지 못하니 서재는 아무런 소용도 없었다.

시간이 지나니 키가 컸다. 어깨도 넓어졌고, 신체도 더욱 굵어졌다.

펜릴은 마수 사냥에 도전했다.

샤벨 타이거를 비롯해 근처에 있는 하급 마수들의 위치를 파악하여 쫓고 또 쫓았다. 그러면서 펜릴이 알아 볼 수 있는 지도도 만들었다.

예상대로, 웨어울프 같은 상급 마수뿐만 아니라 중급 마수들도 근처에 활개를 쳤다. 이 숲에 더 깊은 곳 까지 간다면 어떤 마수가 있을 지 상상이 안 되었다.

'라크는 왜 이런 곳에서 살았지?'

라크는 철저하게 자신의 영역을 표시하는 사람이었다.

실제로 마수들은 그 영역 안으로 들어올 생각을 하지 않았다.

라크가 사라지고 얼마 지나지 않아 마수들이 조금씩 그 안으로 들어왔다.

펜릴도 라크와 같이 자신의 이름을 새기며 영역을 표시했다.

그러자 이 영역의 새로운 포식자 때문에 마수들도 함부로 들어오지 못했다.

펜릴은 예전에 쓰던 집을 창고로 사용했다.

그 창고에는 마수의 가죽과 힘줄, 이빨까지 모았다.

시간이 지나니 에티오 때문에 붕괴되었던 마을도 복구되었다.

마을이 복구되자 다른 상단이 마을과 정기적인 거래를 주도했다.

물론, 마수가 나타난다는 소문 때문인지 상단은 예전에 있던 드뷔시 상단보다도 더욱 컸다.

펜릴은 신체뿐만 아니라 마나창고도 더욱 성장했다.

18살이 되어 신체가 성장을 멈추자 마나창고는 성장을 시작한 것이다. 펜릴에게는 호재였다.

하급 마수를 모두 잡아내자 펜릴은 영역을 넓혔다.

그리고 중급 마수를 잡기 시작했다.

펜릴은 그 과정에서 목숨이 왔다 갔다 하는 과정을 여러 번 반복했다.

하지만 끝까지 살아남았다.

그 과정이 계속되자 중급 마수들도 펜릴의 영역을 알고 들어오지 못했다.

19살이 되었다.

펜릴은 돌아올 날짜를 한 번, 두 번 세어 보았다.

그리고 약속한 날이 되었다.

라크와 티라는 돌아오지 못했다.

monster link

몬스터 링크

각성, 링커가 되다

각성, 링커가 되다
monster link

"3만 실링."

펜릴은 등에 메고 있던 가죽을 내려다 났다. 상인의 말 한 마디에 인상이 확 구겨진다.

"장난하지 마요. 무려 중급 마수의 가죽이라고요. 자, 봐요! 상등품이라니까요."

펜릴은 가죽 하나를 들어 상인 얼굴에 들이 밀었다.

"하나 둘이면 몰라도 너처럼 수 십장을 가져와서는 사 달라고 하면 돈이 있을 줄 알아?"

"그럼 매일 오든가! 거래라고는 3개월에 한 번밖에 안 하는 데 나보고 어떻게 하라고."

"여기에 뭘 볼 게 있다고 매일 같이 들러붙나?"

"아니, 언제는 중급 마수를 이렇게 손쉽게 잡는 사냥꾼은 보기 드물다더니 가죽 손질 한 거 보라고요."

"너니까 3만 실링이나 챙겨주는 거야. 싫으면 팔지 말던가. 아니면 그거 짐 싸들고 도시까지 가든가."

펜릴은 냅다 바닥에 침을 뱉었다.

"에이, 퉤! 나 참 더러워서. 알겠어요. 팔면 되잖아요. 팔면!"

다소 과한 펜릴의 행동에 상인이 피식 웃더니 품에서 종이 한 장을 꺼냈다.

"돈 없어. 어음으로 받아가."

펜릴은 그 종이를 받더니 의심 섞인 목소리로 물었다.

"이렇게 줘놓고 상단 망하는 거 아녜요?"

"상단 망해도 그 어음을 쓸 수 있어. 길드로 가면 되니까."

길드는 상단의 연합체다.

길드 안에서는 같은 어음을 사용하기 때문에 상단 하나 망하는 걸로는 돈 못 받을 걱정은 없다.

"길드가 망하면?"

"그럼, 그건 그냥 종이쪼가리고."

여간해서는 길드 자체가 망하는 일은 없으니 펜릴은 꾸깃거리며 안으로 집어넣었다.

펜릴은 3개월에 한 번씩 상단과 계속 거래를 터왔다.

아무래도 마수의 가죽은 오랜 시간이 지나도 잘 썩지 않기 때문에 보관이 용이했다.

마을과 정기적으로 거래를 하는 상단은 드뷔시에서 멜프레로 넘어갔다. 드뷔시는 3년전에 있었던 링커 때문에 사라졌고 멜프레 상단은 그때 있었던 드뷔시 상단 보다는 규모적으로 굉장히 컸다.

멜프레는 3년 전에 펜릴이 하급 마수의 가죽을 내다 팔 때 부터 친분이 있었다.

마수를 잡는 것 뿐만 아니라 직접 관리를 하며 손질까지 하는 펜릴의 가죽은 일단 가지고 가기만 하면 도시에서는 날개라도 붙인 것 마냥 발 빠르게 팔려 나갔다.

펜릴은 사과 하나를 꺼내 입에 베어 물며 멜프레에게 물었다.

"그 책 가져왔어요?"

"뭐? 이민족의 언어?"

"네."

멜프레는 등 뒤에 있던 작은 궤짝에서 제법 두툼한 책 한 권을 꺼냈다.

"글도 못 읽는 놈이 대체 이런 건 왜 구해달라는 거야?"

"여기선 구할 수가 없으니까요."

"도시만 가도 손쉽게 구할 수 있는 걸?"

"도시에 나가 있는 동안 집에 손님이라도 오면 어떻게

해요?"

"잠시 도시에 나간다고 써 놓고 가면 되잖아."

"그걸 쓰려니까 제가 문자 쓰는 법 좀 배우려는 겁니다."

"어휴, 알았다."

멜프레는 더 이상 펜릴과 대화를 하지 않고 책을 건네주었다.

책을 파르르 뒤로 넘기니 괴상한 문자들이 보인다.

"이거 뿐이에요?"

"또, 뭐 필요해?"

"적어도 제국문자도 배워야 할 거 아녜요?"

펜릴이 쓰고 있는 언어가 제국어다.

하지만, 대화는 되도 문자를 쓰거나 읽지는 못한다.

"그건 거기까지 갈 필요도 없이 이 마을 서점에만 가도 구할 수 있어."

"알겠어요."

펜릴은 문자에 큰 관심이 없었다.

하지만, 열아홉이 되고 성인이 되니 조금 관심이 생겼다.

사람구실.

적어도 어디 가서 사람답게 살려면 글을 읽고 쓰는 것 정도는 할 줄 알아야 된다.

굳이 귀족뿐만 아니라 평민들도 요즘엔 많은 이들이 글을 읽을 줄 안다.

대화가 되니 글을 쓰거나 읽는 건 금방 배운다.

문제는 한 번도 보지 못한 북방의 이민족 언어다.

워낙 독특해서 그 사람들과 몇 년을 같이 지내지 않는 이상은 배우기가 어렵다고 들었다.

'듣고 말하는 게 어려운 거지 쓰고 읽는 게 어려운 건 아니다.'

"고마워요."

펜릴은 책을 품 안에 집어넣었다.

멜프레는 수첩을 꺼내며 펜으로 머리를 긁적였다.

"또, 뭐 있었지?"

"칼루스요."

"아! 그렇지. 칼루스, 칼루스. 거긴 여기서 굉장히 먼 거린데 정보 구한다고 애 좀 먹었다. 네 부탁이니까 들어준 거야."

"아, 거 참. 고맙다니까요."

"참고로 이 정보 값이랑 책값에 네 가죽 값이랑 해서 차감된 거 알지?"

펜릴이 인상을 확 구겼다.

"끄응, 알겠으니까 얘기 좀 해봐요."

멜프레는 헛기침을 하더니 입을 천천히 열었다.

"워낙 칼루스라는 지역에는 링커들이 많기 때문에 제대로 찾기는 힘들었는데, 네가 얘기한 데로 인상착의랑 이름을 얘기 하니 어느 정도 정보를 찾을 수 있었다. 게다가 링커들 사이에 라크라는 이름은 워낙 거물이었기 때문에 정보를 추적할 수도 있었고."

"그래요?"

라크가 뛰어난 재능을 가진 링커라는 건 안다.

이름값 때문에 정보를 추적할 수 있었다니 그래도 희망이 생긴다.

"칼루스에서 약 1년 정도 머무르면서 지냈던 모양이다. 그 뒤로는 제국으로 들어갔는데 불사의 초에 대해 캐묻고 다녔던 것 같다."

"그리고요?"

멜프레는 수첩을 쳐다보면서 눈을 가운데로 모았다.

"몰라."

"예?"

"모른다고. 그 뒤로 잠적이야. 정확히 어떻게 됐는지 어디 있는 지 아무도 몰라. 아무래도 링커였기 때문에 활동을 오래 하지는 못했겠지. 지금쯤이면 죽었을 지도 모르고. 링커의 시간은 우리보다 짧으니까."

"……."

펜릴은 입을 다물었다.

라크가 죽었다?

그렇다면 곧바로 티라는 돌아와야 한다.

그런데, 티라는 아직까지도 돌아오지 않았다.

3년이 넘어가고 이제 4년이 다 되어가고 있는 이 실정에.

무슨 일이 생긴 것이다.

돌아오지 못하는 변수가 생겼던 거다.

아니면, 그들은 펜릴에 대해 새까맣게 잊고 지내고 있던가.

다만 그들의 행방이 묘연하다는 것에 대해서는 의문이다.

적어도 그들이 잘 살아 있다면 펜릴은 미련 없이 이곳을 떠날 생각이었다.

굳이 돌아올 생각이 없는 데 이곳에 머물 필요는 없었다.

"자, 지도다."

멜프레는 펜릴에게 지도 한 장을 건넸다.

"뭔데요?"

"그들이 이동했던 경로랑 머물었던 집. 제법 파손됐던 것으로 보아서는 아마 단 하루도 마음 놓고 자기 힘들었을 거야."

펜릴은 에티오 때의 일을 기억해냈다.

"그렇겠죠."

"한 군데서 길게 머무르지 않고 계속 집을 옮겨 다녔어. 그래서 나도 정보를 얻기가 쉬운 건 아니었고. 게다가 라크에 대한 정보는 많은 데, 그게 단순히 루머인 게 워낙 많았거든."

"뭐, 일단 알겠어요."

짜증난다.

지난 3년 때문이 아니다.

3년은 굉장히 짧았다. 지내는 데는 아무런 문제도 없었다.

오히려 마을과 왕래를 자주 하여 성격도 조금 변했다.

그런데, 막상 3년이 지나고 나니까 짜증이 난다.

왜 그들은 돌아오지 않는 걸까.

그들과 살았던 기간은 고작 반년 도 채 되지 않는다.

그 기간 동안 펜릴은 그들을 가족이라고 생각했던 적은 단 한 번도 없었다.

하지만, 가끔 생각나기는 했다.

'이걸로 빚 진거야.'

웨어울프에게 된통 당해서 간신히 숨만 붙여서 살아남았을 때, 간호하고 난 뒤 티라가 했던 말이다. 그 말 때문이라도 펜릴은 입 안 어딘가가 쓰게 느껴진다.

"칼루스로 갈 거냐?"

멜프레가 물어온다.

"아뇨. 제가 왜요?"

"찾으러 갈 거 아녔어?"

"라크씨처럼 강한 사람도 위험한 곳인데요. 전 이곳이 좋아요. 마수도 많고. 적당히 마수 가죽이나 팔면서 살죠 뭐."

"뭐, 그러면 상관없고."

펜릴이 고개만 삐쭉 내밀고 물었다.

"뭔데요? 왜요?"

"네가 아무리 어린 나이에 중급 마수를 잡는 사냥꾼이라지만, 링커는 수준이 다르다. 오죽하면 제국마저도 칼루스를 완전히 포기했겠냐?"

"그런데요?"

"살고 싶으면 지금이 딱 좋다는 얘기다. 어디가지 말고 나한테 가죽이나 계속 팔아라."

펜릴은 손으로 상자를 탕탕 두들겼다.

"걱정 하지 마요. 여기 달라붙어 있을 거니까."

"그래. 또 구해 줄 건 없고?"

"없어요. 이만, 가 볼 테니까 나 없다고 울지나 마요."

"실없는 소리 하지 말고 이만 가라."

멜프레와 농담을 주고받고 펜릴은 상단을 나왔다.

그리고 잊지 않고 제국의 문자로 된 책도 샀다.

'나도 알고 있어.'

티라를 찾기 위해 칼루스로 가는 게 얼마나 미친 행동이라는 걸.

'최소, 최소한 내 몸을 지킬 정도의 힘은 돼야 한다.'

라크가 전수한 마나연공법은 상급이다. 그 보다 더 좋은 건 있지만, 많지는 않다. 적당한 나이 때에 배웠다. 지금이 나이대에 중급 마수를 이기는 사람은 보기 드물다.

하지만, 링커에 비할 바는 못 된다.

하급마수의 능력을 각인 한 링커들은 기사 하나를 손쉽게 이긴다.

마수의 강력한 능력과 그 개수가 늘어나면 기사 수 십 명과 싸워도 이길 수 있다고 했다.

펜릴은 마을을 나와 집이 있는 방향으로 이동했다.

하지만, 이내 방향을 틀어 숲 속으로 움직였다.

'마수의 가죽은 썩지 않는다. 6개월이 넘는 동안 제대로 관리도 하지 않는다고 해도 품질이 떨어지지 않았어.'

펜릴은 동굴을 찾아냈다.

그 동굴은 과거 에티오를 죽이고 묻어 준 공간이기도 하고, 또 가끔 펜릴이 사냥 때문에 휴식을 목적으로 거처로 삼고 있는 곳이기도 하다.

동굴 안에서 삽을 하나 꺼내와 땅을 판다.

참으로 신기한 일이다.

인간의 뼈만 남아 있는데, 아직까지도 에티오의 시체에는 웨어울프의 팔과 곤조의 발목이 그대로 남아 있었다.

마체테로 웨어울프의 팔을 푸욱 찌르니 아직도 피가 나온다.

펜릴은 한 동안 웨어울프의 팔에서 시선을 떼지 않았다.

머릿속에서는 아직도 영감이 어릴 때 했던 말이 지워지질 않았다.

'나의 하루는 너의 이틀과 같다.'

펜릴은 웨어울프의 팔과 곤조의 발목을 시체에서 분리해 밖으로 꺼냈다.

"어?"

그때, 에티오가 입고 있던 옷에서 무언가 툭 하고 떨어진다.

책이었다.

◆

펜릴의 하루 일과에 '공부'가 추가 되었다.

문자를 배운다는 것.

그건 성인이 될 때까지 까막눈으로 살았던 펜릴로써는 미치고 팔짝 뛸 일이다.

"휴우."

펜릴은 괜히 한숨을 쉬었다.

제국의 문자를 배우는 것도 쉬운 일이 아닌데, 북방의 이민족의 언어까지 배울 생각하니 머리에 쥐가 날 지경이었다.

그러면서도 펜릴은 책에서 손을 떼지 않았다.

눈이 침침하거나 머리가 아프면 사냥을 하러 나섰고, 밤이면 다시 돌아와 책을 보았다.

2주일이 지나자 어렴풋이 제국의 책을 읽는 게 어렵지는 않았다. 어려웠던 건 읽는 방법이지 이미 뜻은 알고 있기 때문에 쉬운 일이었다.

읽는 게 손쉬워지자 멜프레가 구해다 준 북방의 이민족에 대한 언어를 익히기 시작했다.

그거야 말로 도전이었다.

아무것도 모르는 상태에서 시작하는, 궁금하면 속 시원하게 대답해줄 선생 한 명 없이 공부를 시작한다는 것은 참으로 괴로운 일이었다.

제국의 문자는 많은 이들이 사용할 수 있게끔 쉽게 만들어 졌지만 이민족의 글자는 이 글자나 저 글자나 지렁이가 지나가는 것처럼 똑같은 모양인데 뜻은 달랐다.

그런데, 그러면 그럴수록 펜릴은 더욱 책에 몰두했다.

책을 좋아하는 건 아니었다. 다만, 이민족의 언어를 알아야 칼루스에 가서도 살아남을 수 있을 거라는 생각이 들었다.

"오늘은 적네."

멜프레가 아쉬운 소리를 했다.

"요새 바빠요."

펜릴은 등에 메고 있던 가죽을 바닥에 내려놨다.

멜프레는 펜릴의 표정을 보고서는 웃기 시작했다.

"죽겠지? 그니까 그만두라니까. 시골에 처박혀 있는 네 녀석이 이민족의 언어를 배워서 어디다 쓰려고 그러는 거야? 상인인 나도 이민족의 언어까지는 안 배우는데."

"문자만 읽을 수 있는 정도면 된다니까요."

"그게 어디 쉬운 줄 알아?"

"어렴풋이 읽을 정도는 돼요."

"오! 그래?"

멜프레는 다소 의외 섞인 표정으로 펜릴을 쳐다본다.

"네 녀석 멍청한 줄 알았는데."

"멍청하면 사냥꾼 못합니다."

"그나저나 아쉬운 걸. 네놈의 가죽은 그래도 제법 찾는 사람들이 많아 항상 도시에 가면 짭짤했는데 말이야."

멜프레는 적은 숫자의 가죽에 조금 아쉬운 눈길이다.

문자를 배운다고 제법 사냥 숫자를 줄였더니 당연한 결과다.

펜릴은 이번에도 어음으로 돈을 받았다.

"대체 네놈은 그 돈 모아서 다 어디다 쓰려는 작정이냐?"

"그냥, 이런 저런 곳에 쓰는 거죠 뭐. 그나저나 라크씨에 대한 정보가 있는 건 없죠?"

"그래도 네놈 부탁이라고 나도 더 노력해보고 있다. 뭐, 성과가 없긴 하지만."

"됐어요. 그 정도면. 저도 이제 관심도 없고."

"관심 없다는 놈이 내 얼굴 볼 때 마다 물어보냐?"

"말이 그렇다는 겁니다. 내일이면 도시로 올라가죠?"

멜프레가 그런 건 왜 물어보냐는 듯 되묻는다.

"왜? 너도 가게?"

"네. 저도 이번 기회에 따라가 보려고요."

"아주 그 집 아니면 죽겠다던 네놈이?"

"이제 제국어 정도는 쓸 줄 아니까 적어놓고 왔어요."

멜프레는 잠시 곰곰히 생각하는 듯 하더니 입을 열었다.

"네놈이 메고 있는 그 가방과 관련이 있는 일이냐?"

펜릴은 고개를 끄덕이며 가방을 고쳐 맸다.

"조금요."

"뭐, 먼저 말하지 않는 걸로 보아서는 물어봐도 대답하지는 않겠지?"

"네."

펜릴의 단호한 대답에 멜프레가 호탕한 웃음을 터트렸다.

"흐하하. 보면 볼수록 이상한 녀석이란 말이야. 좋다. 내일 오전까지 와라. 남문에서 출발할 테니까 나를 찾아온다면 짐마차에 네놈이 그래도 몸을 실을만한 공간 정도는 만들어 두겠다."

"걸어가도 되요."

"장기간 행상에 따라가는 게 쉬운 일인 줄 아느냐? 네놈과의 그래도 의리를 생각한 일이니까 거절하진 마라."

펜릴은 고개를 살짝 끄덕였다. 굳이 호의를 거절할 이유는 없었다. 괜히 신경 쓰이고 싶지 않았던 것뿐이다.

"그럼, 그렇게 알고 내일 올게요."

"잘 곳 없으면 오늘 여기서 자고 가지?"

"됐어요. 무슨 눈칫밥을 먹으려고. 아저씨랑 이렇게 친하게 지내는 거 이 상단 사람들은 싫어하던데요."

"당연하지. 자신이 모시는 주인이 어린 녀석이랑 오랜시간 동안 한 방에 있는 데 어느 수하 놈들이 좋아하겠느냐?"

"아저씨 혼자 있는 것도 아니면서."

펜릴은 눈을 살짝 위로 올리며 천장을 바라보았다.

그것으로 펜릴의 대답의 뜻을 알 수 있다.

멜프레는 제법 큰 상단이다.

무사도 많다.

특히 이곳에 링커가 나타났다는 얘기가 나돌고도 이 마을과 거래를 튼 상단이다.

상단의 주인인 멜프레를 지키는 무사들은 많고, 특히나 개인 호위무사까지도 가지고 있다.

물론, 수준 높은 링커가 등장했을 때 지켜줄 수 있을 지는 의문이다. 그가 수준이 높았다면 펜릴에게 들킬 일은 전혀 없었을 테니까.

"네놈이 날 여러 번 놀래 키는 구나."

천장에 숨어든 무사의 기척을 느낀다는 건 마나연공법을 알고 있다는 얘기.

중급마수를 사냥할 때부터 마나연공법이 없다면 물론, 말이 되지는 않는다. 하지만 이미 기척을 느낀다는 것부터가 펜릴이 상당히 수준이 높은 실력을 가지고 있다는 얘기다.

"내일 올게요."

펜릴은 그대로 멜프레 상단을 나섰다.

그리고 마을을 돌아다니다 '파머(Farmer)'라고 적힌 집에 들어갔다.

글을 모를 때는 이게 무슨 뜻인 지 읽을 수가 없었는 데 이제는 제법 이해도 한다. 여관이 없는 작은 마을에서 흔히 볼 수 있다. 잠시 여행객들에게 집 안에 빈 방을 빌려주고 돈을 받는 것이다.

금액은 크지 않고, 운이 좋으면 저녁을 얻어먹을 수 있기도 하다.

펜릴은 20실링을 건네주고 방 하나를 하루 동안 빌렸다.

가방을 내려놓고 품 안에서 책 하나를 꺼낸다.

에티오의 시체에서 찾은 이 책은 펜릴이 이민족의 언어를 조금 읽을 수 있게 되자 어느 정도 해석이 가능했다.

이 책의 가장 중요한 정보는 바로 링커와 관련된 내용들이다.

특히 처음 어떤 식으로 링크를 해야, 링커가 되는 지에 관해 자세하게 기록 되있다.

'이민족들에게 빼앗은 책들이겠지.'

그리고 그 책을 이용해 링커가 되고 틈틈이 에티오가 어떤 식으로 경과가 이루어졌는 지도 적혀있다.

[인간이 신이 정해준 그릇을 벗어날 때, 그 참혹한 대가가 따라온다. 남은 수명의 절반. 그것이 대가다.]

책은 계속해서 경고한다.

한 번, 두 번, 세 번 고민을 하게 만든다.

링커가 된 사람들은 이 책이 만류하는 행위를 끝까지 고민하다가 결국 선택했을 것이다.

에티오는 하루하루가 괴롭다고 적었다.

시간을 되돌리고 싶다고 말한다.

펜릴은 그대로 책을 덮고 그대로 이불을 머리끝까지 올렸다.

잠은 오지 않는 밤이다.

펜릴은 이른 아침 멜프레 상단을 찾아갔다.

"이곳과 제일 가까운 도시만 해도 3일 거리에 있다. 상단 사람들에게는 잘 말해 놓았으니 너를 내 손님이라 생각하고 대해줄 것이야."

"고맙습니다."

"네놈이 뭘 하려고 하는 건지는 모르겠다. 하지만, 후회할 자신은 없겠지?"

펜릴은 무겁게 고개를 끄덕였다.

그리고 적당한 짐마차에 가서 자신의 가방을 내려놓았다.

누가 볼세라 등으로 깔고 뭉개서 자신도 그 위에 누웠다.

밤에 잠을 조금 뒤척였더니 햇볕이 쏟아지는 광경에도 잠이 쏟아진다.

"후아암."

시간이 얼마 지나지 않아 상단이 출발했다.

규모가 그래도 큰 편이기 때문인지 맨 앞에서 보면 맨 뒤가 제대로 보이지가 않는다. 맨 앞에 말에 앉아 유유히 움직이는 멜프레의 모습을 보면 굉장한 느낌을 받는다.

도시로 가는 내내 펜릴은 굉장히 편했다. 멜프레의 말이 있었기 때문인지 정말 손님으로 여겨주었다.

펜릴은 활을 들고 나가 이 근처에 멧돼지를 잡거나 토끼들을 잡아와 요깃거리를 했다. 물론, 멧돼지를 잡았을 때는 상단의 사람들과 나눠 먹었다.

3일은 빠르게 지나갔다.

"도착했다."

펜릴은 마차에 앉아 고개를 뒤로 한 참을 젖혔다.

그만큼 엄청난 높이의 성벽을 보는 건 처음이었다.

남부에 위치한 로도스.

무려 후작이 다스리는 땅으로 왕국과 인접해 있는 곳.

펜릴은 마차에서 내려 걸어갔다.

외성 안으로 들어가기 위해서는 마차 안에는 짐 말고는 사람이 탈 수 없기 때문이다.

멜프레 상단의 힘이 제법 컸는지, 남들보다 빠른 시간

내에 외성 안으로 진입할 수 있었다.

펜릴은 가방을 질끈 매고 멜프레에게 짧은 인사를 하고
무리들과 멀어졌다.

그에겐 갈 곳이 있었다.

◆

로도스.

로도스는 낮과 밤이 다르다.

낮은 평범한 대도시의 일부에 지나지 않지만 밤이 되면
화려한 시장이 열린다. 그 시장에서는 안 파는 물건이 없
다. 제국에서 철저하게 금기시 되는 물건도 거래되곤 한
다.

이 도시의 주인인 후작은 굳이 이 시장을 없앨 생각을
하지 않는다. 도시에 큰돈을 가져다주고, 그만큼 찾아오는
사람들이 많아지며 저절로 도시를 키우기 때문이다.

낮에는 꽃을 판매하던 상점이 밤이 되자 장물을 거래하
는 곳이 된다.

주인도 어느새 바뀌어 있다.

특히 익명이 보장되는 경매장은 항상 인기다.

모든 입찰자들이 가면을 쓰고 나와 경매되는 물품에 눈
독을 들인다. 그 물품에는 사람이 될 수도 있고, 혹은 모습

을 감췄던 뛰어난 무기일 수도 있다.

펜릴은 어렵지 않게 경매장을 찾았다.

이 도시에 빠삭한 멜프레는 모르는 게 없었다. 펜릴은 그에게 직접 부탁해 경매장에 참가할 수 있는 추천장도 받았다. 익명이 보장되지만 어중이떠중이 들도 경매장을 이용할 수 있는 건 아니다. 경매장에 그 추천장을 보여주면, 추천장은 보는 앞에서 불에 타고 펜릴은 가명이 적힌 패를 하나 받는다.

'헌터.'

활과 마체테를 들고 있는 모습 때문에 경매장에서 만들어준 가명이다.

"이쪽으로 오시지요, 헌터님."

가면을 쓴 남자를 따라, 건물로 들어간다. 그 건물의 입구에서도 펜릴에게 가면을 하나 건네준다. 가면을 쓰고 어지러운 공간으로 내려가면 어두컴컴한 지하실이 보인다.

"다음경매는 30분 뒤에 열립니다."

경매는 4시간에 한 번씩 열린다.

"물건을 팔고 싶은데요."

펜릴은 가방을 내려놓으며 말했다.

"물건 좀 봐도 좋겠습니까?"

"예."

가방을 여니 두툼한 하얀털을 가진 팔이 나온다.

물품 등록을 관리하는 사람들 사이에 작은 소란이 생긴다.

"웨어울프의 팔, 맞습니까?"

펜릴은 고개를 끄덕였다.

마수의 팔.

그것도 상급 마수의 팔.

웨어울프의 팔은 단점 보다 장점밖에 없다. 다만, 그 팔을 사용하기까지 링커들이 제법 오랜 시간이 흘러야 된다는 점이다.

링커가 된다고 곧바로 웨어울프의 팔을 각인시킬 수는 없다.

잠식 속도가 빠르고 몸이 적응하지 못하기 때문이다.

링커로써 경험이 풍부하지 못하면 제대로 제어하지 못한다. 그것이 유일한 장점이다.

로도스는 간간히 링커들이 찾아온다. 분명히 탐을 낼만한 물건이다.

"경매 시작가는 어떻게 하는 게 좋겠습니까?"

진행자가 물어온다.

경매장을 이용해본 경험이 없으니 펜릴은 어떤 식으로 이루어지는지, 또 어떻게 시작을 해야 되는 지 잘 모른다.

"될 대로 해주세요."

"지난 1년간 있었던 상급 마수의 적정가로 맞춰드리겠습니다."

"네, 그렇게 해주세요."

펜릴은 물건을 맡기고 경매장을 완전히 벗어났다.

그리고 그가 찾은 곳은 상인 길드다.

멜프레에게 받았던 어음들을 펼쳐 들자 무려 지금껏 벌어들인 돈이 15만 실링이다. 오두막에 처박혀 돈이라고는 거의 쓰질 못했으니 엄청난 금액이 생긴 셈이다.

300실링으로 일주일을 살 수 있으니 15만 실링이면 10년 동안 아무 걱정 없이 살 수 있다.

펜릴은 그 어음을 전부 찾지 않고 1만 실링만 변통했다.

그 돈만 해도 가방에 넣으니 꽉 찰 정도로 수북이 쌓인다.

펜릴은 그 뒤로 야시장을 돌았다.

그러다 한 상점에 들어간다. 낮에는 야채를 팔고 있었던 아줌마가 있었는데 이제는 수염 가득한 중년의 남자가 카운터를 보고 있다.

"흑요석과 각인의 시약을 찾는데요."

"수량은?"

"두 개씩이요."

"7천실링."

찾았던 돈이 한 순간에 사라진다. 가방도 그 만큼 가벼워졌다. 남자는 엄지손가락 만 한 병에 담긴 빨간 색 시약과 함께 남자 주먹만 한 돌을 가져왔다.

펜릴은 가방에 집어넣고는 그 상점을 나섰다.

그리고 미리 잡아놓은 여관에 들어갔다가 날이 밝을 때쯤 되어 다시 경매장으로 향했다.

"17만 실링에 낙찰되었습니다."

경매장의 수수료는 무려 20%다. 펜릴은 수수료를 제외한 금액을 어음으로 받았다. 엄청난 돈이다. 수수료를 제외하면 지난 3년간 벌어들였던 금액과 비슷하다. 그만큼 상급 마수는 귀하다.

특히나 웨어울프는 링커들 사이에서도 꾸준한 인기를 받고 있다.

'이곳에 곤조의 발목을 풀었다면?'

곤조는 최고의 품목이다.

하급이긴 하지만 잡기가 워낙 어렵고 서식지가 불분명해서 그야말로 잡았다하면 한 순간에 떼돈을 벌 수 있다. 펜릴은 떼돈을 벌고 싶었다면 지체 없이 곤조의 발목을 넘겼을 거다.

펜릴은 볼 일을 마치고 로도스에서 되돌아왔다.

지난 3일간 왔던 길을 되짚어 간다면 돌아가는 게 어려운 일은 아니다. 사냥꾼인 펜릴에게 노숙도 간편한 문제다.

상단과 다르게 혼자 움직이니 빠른 시간 안에 집에 되돌아 올 수 있었다.

문에 붙여놨던 쪽지가 그대로 있다.

펜릴은 쪽지를 떼어 내고 집 안으로 들어갔다.

테이블 위에 상점에서 샀던 흑요석과 각인의 시약을 올려놨다.

가슴이 뛰기 시작한다.

흑요석과 각인의 시약은 처음 링커가 될 때 필요한 물건들이다. 각인의 시약은 문신을 만드는 데 사용하고 흑요석은 그 문신에 마수가 들어갈 수 있는 공간을 만드는 데 사용된다.

펜릴은 활을 들고 조용히 밖으로 나왔다.

◆

'링커가 되기 위해서는 시간에 적응해야 한다.'

곰곰이 영감이 어떤 식으로 살았는지, 라크에게 어떤 것을 들었는지 생각해야 한다.

펜릴은 그 날 이후로 3시간 이상을 자지 않았다.

'내 하루는 이틀이다.'

남들이 이틀 동안 하는 일을 하루 안에 끝내야 한다.

이민족의 문자를 공부하는 데도 단 1분도 허투루 쓰지 않았다. 사냥은 식사를 하는 것 외에는 하지 않았다.

'부위를 결정해야 돼.'

펜릴에게는 곤조의 발목이 있다.

하지만, 어떤 링커든 간에 발목부터 링크를 시도하지 않는다.

이민족들 대부분은 첫 번째에 팔을 사용했다.

팔에 링크를 시도하면 가장 효율이 좋기 때문이다.

실제로 검을 사용하거나 활을 사용할 때도 팔 만큼 좋은 곳은 없다.

'내게 과연 팔이 필요할까?'

팔은 아무래도 잠식 범위가 넓어질 수밖에 없다. 곤조의 발목 처럼 손목 밑으로만 각성시키는 건 불가능하다. 손목이 강한 마수나 몬스터는 없기 때문이다.

펜릴이 걱정스러웠던 건 그것이다.

잠식범위.

그 범위는 점점 넓어진다. 팔은 가장 빠르게 이루어진다. 그만큼 제일 많이 사용하기 때문이다. 그리고 머리까지 잠식하는 데 가장 빠른 루트다.

'하지만 나는 팔은 그다지 소용없어.'

펜릴은 사냥꾼이다.

기동성이 중요하다. 곤조의 발목만 있다면 라크가 가지

고 있던 최상급 마수인 랩터가 아닌 이상에야 잡힐 사람은 없어진다.

'발목으로 하자.'

운이 없다면 곤조의 발목으로 더 이상 링크를 할 수 없을 지도 모른다.

두 개 이상의 링크는 오로지 재능.

무리를 한다면 에티오처럼 잠식이 빠르게 진행되어 몸과 정신을 잡아먹는다.

부위를 결정하자 그 다음은 쉬웠다.

에티오에게서 얻은 책을 피고 순서를 지키며 의식을 진행시켰다.

각인의 시약으로 양쪽 발목에 그림을 그리고 마체테로 양쪽 발목을 그어 피를 흘렸다. 그 피와 곤조의 피를 각각 흑요석에 묻혔다.

그러다 펜릴은 손을 멈췄다.

작은 떨림이 생긴다.

'맞는 일인가?'

수명의 절반.

죽을 때까지 사라지지 않는 잠식의 고통.

멈추고 싶다면 여기서 멈출 수 있다. 그리고 다시 로도스로 가 곤조의 발목을 팔아 치우고 그 돈으로 잘 먹고 잘 살면 된다.

그것이 펜릴이 꿈꾸던 세상이다.

많은 돈으로 적당히 사람냄새 나는 곳에서 좋은 사람들을 만나고 익힌 사냥기술로 먹고 살 수 있다. 마나연공법을 더욱 오래 한다면 기사가 될 수도 있다고 했다.

평민이 기사라니.

누구나가 꿈꾸는 신분전환이 아니던가.

'링커가 되면 다시는, 다시는 돌아올 수 없다. 돌아올 수 없는 강을 건너게 된다.'

머릿속으로는 라크와 영감의 고통스러워하던 얼굴이 떠오른다.

영감은 매일 같이 밤이면 신음소리를 냈다.

펜릴은 손의 떨림을 멈췄다.

마체테로 곤조의 발목을 짓이겨 놨다. 피가 뚝뚝 쏟아진다. 펜릴은 발목에 그린 그림에 피를 묻히고 고개를 뒤로 젖히고 피를 마셨다.

비릿한 냄새와 함께 몸에서 뜨거운 열기가 흘러나온다.

의식이 끝나자 눈앞에 작은 그림자가 펜릴의 전신에서 그 열기를 훔쳐갔다.

이민족들이 믿는 주술의 악마가 수명을 앗아가고 있는 것이라 했다.

끼에에엑-

케케케-

귓속으로는 기괴한 소리가 들린다. 그 악마가 웃고 있는 거다.

'후회는 없다.'

펜릴은 그대로 정신을 잃었다.

그리고 그날.

펜릴은 신이 정한 인간의 굴레를 벗어났다.

◆

'어떤 사람이든 링커가 될 수 있다는 게 장점이다. 별도의 노력 없이도 대가만 치른다면 기사들보다도 강력해질 수 있지. 문제는 재능이다. 두 개 이상의 각인은 오로지 재능으로만 이루어진다.'

'자신의 재능을 어떻게 알아보나요?'

'미리 각인된 마수가 매일 밤 너를 괴롭힐 것이다. 그 소리를 듣는다면 재능이 없다는 증거다.'

펜릴은 시선을 내려 발목을 쳐다보았다. 아무리 봐도 평범함에 지나지 않지만, 각성을 한다면 도저히 인간의 모습이 아니다.

주술을 각인시키고 첫각성을 하기 까지 제법 시간이 소

요되었다.

아무래도 익숙지 않았기 때문에 각성을 하는 방법, 그리고 각성한 상태에서 평상시로 되돌아오는 방법까지.

각인을 한 이후로 한 달 간 제대로 잠을 잔 적이 없다.

낮에는 괜찮지만 밤만 시작되면 머릿속으로 곤조가 말을 걸기 시작한다. 그 말을 알아들을 수는 없지만 그 소리때문에 제대로 잠을 잘 수가 없었다.

펜릴은 그제야 왜 영감이 잠을 평상시에 자지 못했던 것인지 깨달았다.

'나에게 허락된 재능은 이거뿐인가.'

슬퍼할 겨를은 없다.

다만 자신의 남은 수명의 절반을 바친 대가가 오히려 값싸 보인다.

그렇다 해도 곤조의 힘은 놀랍도록 뛰어나다.

발목에 힘을 주는 것만으로도 5미터 이상을 뛰어 오를 수 있으며 높은 곳에서 착지해도 별로 아프지 않다. 그만큼 달리기도 빨라졌다. 전력질주를 한다면 랩터 만큼은 아니더라도 꽁무니를 쫓아갈 수준은 되는 듯 했다.

"가자."

적응도 끝났다.

펜릴은 그날 자신이 지내던 통나무집을 태웠다.

이제, 돌아올 곳은 없다.

◆

"칼루스로 갑니다."

펜릴의 말에 멜프레가 코웃음을 쳤다.

"네놈이 그러면 그렇지. 중급 마수를 잡는다고 어깨에 힘 좀 주고 다니는 모양인데, 칼루스는 본질이 다른 곳이다. 그곳에는 네놈이 상상하지도 못할 놈들이 활개치고 다닌단 말이다."

"가봤어요?"

펜릴의 질문에 멜프레가 뜨끔 한다.

"아니."

"그러면서 뭘⋯⋯."

"내가 네 놈처럼 촌놈인 줄 아느냐? 내 아무리 그래도 대륙 곳곳에 안 가본 곳 보다 가 본 곳이 더 많은 사람이다. 게다가 상인이니 듣는 게 많단 말이다."

"그렇다 해도 가야돼요. 이미 그렇게 결정했어요."

"끄응."

멜프레가 앓는 소리를 낸다.

마을에 오는 목적 중에 하나가 사라지는 셈이다.

그래도 3개월에 한 번씩은 꾸준히 찾아와서 펜릴은 좋은 말 동무가 되어주었고 값비싼 중급 마수의 가죽이나 각종 전리품 등을 싸게 구입할 수 있었다.

요새 이런 식의 마수 사냥꾼들은 흔하지 않다. 안정적으로 공급받던 거래처 하나가 사라지는 셈이니, 멜프레로써는 뼈아픈 실책이 보이기 시작한다.

"그렇다면 어서 가지 여기는 왜 온 거냐?"

현재 펜릴과 멜프레가 있는 위치는 로도스다.

각성을 한 이후로 펜릴은 마을에 간 적이 없었다. 그 기간이 6개월 정도는 됐다. 멜프레는 한 동안 펜릴이 보이지 않길래 칼루스로 훌쩍 떠난 건 줄로만 알았다.

펜릴은 멜프레에게 인사를 하러 갔다가 하루 일찍 떠난 멜프레를 쫓아 로도스까지 왔다. 마차 타고 3일을 걸었던 거리가 곤조의 발목을 각성시키자 무려 8시간까지 주파되었다.

물론, 사람들의 이목에 띄고 싶지 않아 산길을 이용했던 게 중간에 멜프레와 부딪히지 못한 이유다.

"인사도 할 겸, 찾아가는 길도 물을 겸, 혹 그 기간에 라크씨나 티라에 관련 된 정보도 얻을 겸."

"맨입으로 말이냐?"

"돈을 받을 만한 가치 있는 정보가 있다는 얘기로 들리는데요?"

멜프레가 피식 웃었다.

"네놈이 만족할지는 모르겠지만 한 가지 있다면 어떻겠느냐?"

펜릴은 괜히 주머니를 뒤적거리며 빈손을 밖으로 빼냈다.

"드릴 게 없는데요."

그때, 멜프레가 가슴에 차고 있던 팬던트를 펜릴에게 던졌다.

"받아라."

"뭡니까, 이건?"

"사냥꾼이란 놈이 나침반도 하나 모르고. 시침을 잘 보면, 긴 쪽은 북쪽을 짧은 쪽은 남쪽을 가리키는 거다."

"그래서요?"

"그래서긴 뭐가 그래서야. 칼루스는 제국에 북쪽에 위치한 도시다. 긴 침만 따라간다면 칼루스에 도착할 수 있지 않겠느냐?"

맞는 얘기다.

남부 도시인 로도스에서 북부 도시인 칼루스까지의 거리는 약 두 달.

그곳까지 가는 마차도 없다. 마차를 여러 번 타는 수고로움을 덜어야 하는 데, 펜릴의 행실로 볼 때 마차를 탈 것 같지는 않았다.

"그렇군요."

"그 다음에는 라크와 관련된 정보는 아니다. 하지만, 칼루스에서 돌고 있는 한 가지 소문인데 그래도 듣고 싶으냐?"

"라크씨와 관련이 없다는 겁니까?"

멜프레는 대답을 모호하게 했다.

"있을 수도, 없을 수도. 그건 나도 모른다."

"뭔데 그럽니까?"

"불사의 초에 관련된 소문이다."

모든 링커들이 눈에 불을 켜고 찾고 있는 불사의 초.

찾기만 한다면 영원한 수명과 모든 부위에 각인을 할 수 있어 이론적으로는 대륙 최고의 강자로 군림할 수 있다.

그런데 정작 이 링크를 대륙에 퍼트린 이민족들도 불사의 초에 대해 반신반의하고 있는 입장이다. 최근에는 불사의 초는 허황된 소문이라는 얘기까지도 돌고 있다.

"얘기해줘요."

라크는 불사의 초를 찾고 있었다.

그렇다면, 펜릴도 불사의 초를 찾는 과정에서 그들을 만날 수도 있다.

들어둬서 나쁠 건 없다.

"누군가가 불사의 초를 찾은 것 같다."

멜프레의 말에 펜릴이 깜짝 놀랐다.

"찾았다고요?"

"칼루스는 애초부터 제국과 이민족들이 전쟁을 벌였던 곳이다. 지금은 제국의 영토로 편입되었지만, 과거에는 이민족의 땅이었지. 그들이 링커가 된 이유는 단순히 제국의 침략 때문만은 아니다."

"그럼요?"

"마수들이 많기 때문이다. 상급 마수뿐만 아니라 최상급 마수들 까지. 매일 같이 마수들의 공격을 받던 이민족들은 그에 맞설 수 있는 힘을 찾았고, 그게 링크다."

대륙에 링크가 퍼진 건 얼마 되지 않는다. 하지만, 이민족들은 이미 그 이 전 부터 알고 있었다. 제국의 침략이 없었다면 이 링크가 퍼지는 일은 없었을 것이다. 이민족들은 침략도 하지 않고 그저 자기네 땅에서 삶을 영유했기 때문이다.

"링크가 가장 처음 알려진 곳이 칼루스니, 불사의 초도 칼루스에 있다고 한 게 가장 가능성이 있는 얘기였다. 그렇기 때문에 대부분의 링커들이 칼루스를 떠나지 못했던 것인데, 한 남자는 불사의 초를 찾았다고 떠벌리고 다녔지."

펜릴이 의심 섞인 눈초리로 물었다.

"그렇다면 그걸 왜 알리고 다녀요? 자기가 찾아서 그 불사의 초를 복용했겠죠."

멜프레는 고개를 내저었다.

"얘기를 잘 들어봐라. 불사의 초를 찾았다고는 해도 가지고 있다고는 얘기하지 않았다. 그 남자가 왜 그런 얘기를 하겠느냐?"

펜릴은 고개를 내저었다.

"아저씨 생각은 어떤데요?"

그러면서 한편으론 기대하며 물었다.

멜프레는 허탈한 표정으로 대답했다.

"나도 모르지. 그 남자가 아닌 이상에야 내가 어떻게 그 남자의 생각을 알겠느냐?"

"……"

멜프레의 대답에 오히려 더욱 허탈해진 건 펜릴이다.

모두 알 것 처럼 얘기하더니 정작 멜프레도 아는 건 전혀 없는 거다.

"뭐예요, 그게?"

"흥. 이거든 저거든 네놈이 일단 칼루스에 가야 알 수 있을 것 같은 얘기다. 여기서 무려 두 달이나 걸리니 그 기간 안에 누군가 찾아서 가지고 있다고 할지도 모르지."

"그것보다 빠르게 갈 수 있어요."

"어떻게?"

펜릴은 바지를 걷어 올렸다. 양쪽 발목에 생긴 각인의 문신을 보더니 멜프레가 대뜸 욕을 했다.

"미친놈."

"……"

펜릴은 아무 말도 하지 않았다.

멜프레에게 밝힌 이유는 그가 여전히, 그리고 앞으로도 도움이 될 수 있기 때문이다.

그래도 몇 년을 알고 지낸 사이다.

멜프레는 상인이다. 충분히 이득이 된다면 언제든지 도움을 받거나 줄 수 있는 사람이다.

"이젠 네놈이 칼루스로 가는 걸 막을 수도 없겠구나."

"막으려고 했어요?"

"당연한 거 아냐? 네놈이 그래도 제법 괜찮은 사냥꾼이니 장기적으로 거래하거나 우리 상단에 일이라도 한 번 시켜볼 생각이었다."

역시 멜프레는 좋은 사람이다.

오히려 지금은 티라나 라크 보다는 멜프레에게 더 정감이 가는 것도 사실이다.

하지만, 펜릴은 후회하지 않았다.

"칼루스에도 멜프레 상단의 지부가 있다. 그곳에 얘기를 해 놓을 테니 꾸준히 연락을 하도록 해라."

펜릴은 등을 돌렸다.

"한 시가 바쁘니 이만 가볼게요."

멜프레가 펜릴의 등을 보고 말했다.

"죽지 않고 살아남는다면 다시 찾아와라. 꼬마."

펜릴은 고개를 끄덕였다.

라크와 티라를 찾고, 혹 불사의 초까지 인연이 된다면.

그도 돌아올 생각이었다.

상단을 나와 펜릴은 고개를 치켜들며 하늘을 바라보았
다.

하늘은 맑지도, 그렇다고 어둡지도 않았다.

monster link

몬스터 링크

던컨 용병단

NEO FANTASY STORY

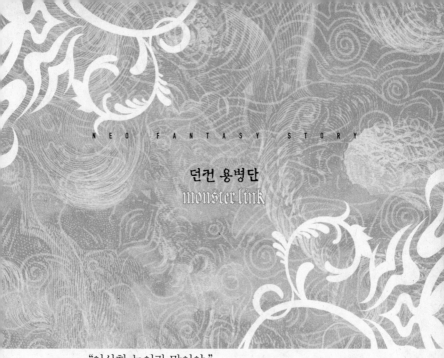

던컨 용병단
monster link

"이상한 놈이란 말이야."

던컨 용병단.

4명으로 이루어진 작은 용병단이지만 제법 업계에서는 유명하다.

한스는 그 던컨 용병단의 일원이었다.

던컨을 제외하면 용병단에서 가장 오래 되었으니 나름 자부심도 있었고 2인자라는 생각도 들었다. 13살부터 칼을 들었으니 10년 가까이 던컨 용병단에서 생활하고 있는 셈이다.

10년 동안 산전수전 겪었으니 이곳 저곳 보는 눈도 생긴다.

그런 한스에게 모닥불 앞에 앉아있는 남자는 참으로 이상해 보였다.

"뭐가?"

한사의 옆에 앉아 있던 소년이 묻는다.

그 소년의 이름은 벨.

나이는 18세밖에 되지 않았지만 대륙에서 보기 힘든 마법사였다. 벨 또한 3년 전 부터 던컨 용병단에서 일하고 있었다.

"저기 저놈, 행상인이라고 하기에는 이상하단 말이야."

"뭐가 이상해? 게다가 형도 자기 입으로 행상인이라고 하는 걸 똑똑히 들었잖아."

"들었지. 근데, 당최 어떤 보따리장수들이 저러냐고. 딱! 하면 떠오르는 이미지가 있잖아."

"그런가?"

벨이 고개를 갸웃하며 시선을 둔다.

양쪽 허리춤에는 마체테를 하나씩 차고 등에는 활을 하나 매고 있다. 모닥불 앞에 앉아 화살을 만드는 것으로 보아 영락없는 사냥꾼의 모습이다.

던컨 용병단과 모닥불 앞에 앉은 남자의 기묘한 동행이 시작된 건 5일 전 부터다.

칼루스로 가기 위해서는 대부분 가장 가까운 도시인 이

폴라에 들린다. 이폴라에서 마차를 구해 칼루스로 가는데, 마차는 칼루스 깊은 곳 까지 가지 못한다. 칼루스 근처에는 마수들이 나오기 때문에 힘없는 마주들이 거기까지 가는 걸 꺼리기 때문이다.

그래서 보통 칼루스와 이틀거리 되는 곳에서 내려주는데, 던컨 용병단은 5일전 칼루스로 향할 마차를 구하면서 저 남자와 동승을 했다.

"이상하긴 하지."

한스와 벨의 옆으로 몸에 달라붙는 가죽 옷을 입은 젊은 여자가 다가왔다.

그녀는 켈리.

던컨 용병단 유일한 여성이며 한스와는 동갑내기 친구다.

"그치?"

"아무리 돈이 좋아도 그렇지 보따리장수 혼자, 칼루스로 간다고? 미치지 않은 이상 이해 못할 행동이지."

가만히 듣고 있던 벨이 한 마디 했다.

"근데, 난 얼마 전에 저 남자가 멜프레 상단의 표식이 있는 신분패를 들고 있는 걸 봤는데."

"멜프레 상단?"

멜프레 상단은 제법 제국 내에서도 이름이 퍼져 있다.

특히나 용병들처럼 세상 돌아가는 물정에 관심이 많은

자들이라면 모를 수가 없다.

그 모습을 지켜보고 있던 던컨이 입을 열었다.

"신경꺼라. 저 자가 어떤 사람이고 간에 우리랑은 별 상관이 없는 얘기다."

용병들이다.

누군가의 정체나 과거에 대해 관심이 없어야 한다.

누군들 자신만의 사정은 있고, 또 어떤 행동에 대해 그만한 이유가 있는 법이다.

"대장은 저 자를 그냥 이대로 내버려 둘 생각이요?"

한스의 질문이다.

"으음……."

이제 곧, 마차는 돌아가고 오로지 걸어서만 칼루스로 향해야 한다.

칼루스 근처에는 마수가 득실거린다. 던컨 용병단도 칼루스에 대한 얘기만 들었지, 실제로 가보는 경우는 처음이다.

그런데 꼴랑 남자 혼자다. 그 남자가 칼루스로 간단다. 무언가 믿는 구석이 있던가, 혹은 그냥 미친놈일 뿐이다.

믿는 구석이 있다면 던컨 용병단이 안전하게 칼루스로 갈 수 있는 좋은 버팀목이 되겠지만 그냥 미친놈이라면 방해만 된다.

5일 동안 마차를 통해 동행을 했다고 해도, 저 자에 대해 아는 것이 없는 이상 칼루스까지의 동행은 위험할 수도 있다.

던컨은 현명한 대장이다.

칼밥을 먹어도 수도 없이 먹었고 목숨의 위기도 그 이상을 뛰어 넘었다.

"우리끼리 간다. 켈리는 지도로 최대한 빠른 길을 찾아라."

켈리가 무겁게 고개를 끄덕였다.

어차피 남이다.

저 남자가 어떻게 되든 말든 중요한 건 던컨 용병단이 안전하게 칼루스에 도착하는 것이다.

마음 한 구석이 불편한 건 어쩔 수 없다. 그 불편한 마음 때문에 용병단을 위기로 내몰 수는 없는 법이다.

"저 사람이 만약 링커라면 어떻게 해요. 대장?"

벨이 묻는다.

"링커?"

한스와 켈리의 눈동자가 커졌다.

벨은 마법사다. 마법사들의 특징은 호기심이 많고 머리가 좋다는 거다. 게다가 관찰력도 뛰어나다.

일행 중 유일하게 남자가 멜프레 상단의 신분패를 들고 있는 걸 본 것도 벨이다.

던컨이 물었다.

"링커라는 증거가 있나?"

"잠을 잘 안자요. 짧게는 3시간, 길게는 4시간 이상 자
는 걸 본적이 없는 것 같은데요."

링커들의 특징과 유사하다.

"그러고보니……."

켈리도 동의했다.

항상 제일 늦게 잠에 들어서 가장 빨리 일어나는 특이한
남자다.

물론, 그것만으로는 링커라는 걸 입증할 수는 없다.
링커외에도 이런 숲에서 잠을 깊게 자는 사람은 많지 않
다.

"그리고 저 남자가 씻는 걸 봤어요."

벨의 얘기는 단순하지 않다.

씻는 걸 봤다는 건 남자의 몸을 봤다는 얘기다.

몸에는 링커들의 특징인 각인의 문신이 있다.

보통, 마차로 이동하는 동행자들이라면 대부분 같이 행
동하는 게 맞다. 그래야 시간을 절약할 수 있고 또 안전하
기 때문이다.

관찰력이 뛰어난 벨은 남자의 몸을 그때 본 것이다.

"그래서?"

한스가 눈을 동그랗게 뜨고 재촉하며 물어온다.

"있었어."

던컨이 얘기를 듣고는 진중한 표정으로 물었다.

"벨. 똑똑한 네가 이렇게 뜸 들이는 걸 보면 확신하지 못한다는 얘기로 들린다. 링커인거냐 아닌거냐?"

한스가 던컨을 바라보며 인상을 살짝 찡그렸다.

"에이, 대장. 요즘 문신 쪼가리 만든 놈들 한 두명 보슈? 죄다 새끼들 팔뚝에다 똑같이 그려 놓고 자기들도 링커라고 구라치는 세상이요. 문신만 보고 어떻게 벨이 확신하겠소."

"하긴, 뭐 그렇지. 한스가 맞는 말 하네요. 대장."

켈리도 머리를 긁적였다.

용병들 중에 흔하다. 자기를 링커라고 밝히는 사람들.

문신을 각인하는 거야 손쉽다. 그게 어느덧 유행이기도 했다.

상대방에 위협을 줄 수도 있기 때문이다. 그렇기 때문에 잘 보이는 곳에 문신을 그려 놓는다. 그것이 대부분이 팔뚝이다.

그런데 그런 놈들 치고 진짜배기들은 없다.

목숨이 왔다갔다하는 상황에서 까지 그렇다면 각성을 못 할 이유도 없거니와 링커들은 행동거지들부터가 다르다.

'우리의 하루는 너희들의 이틀과 같다.'

링커들의 유명한 얘기다.

벨은 고개를 좌우로 돌렸다.

"그런 얘기가 아냐. 저 남자는 발목에 있었단 말이야. 그래서 나도 긴가민가 한거야."

한스가 되묻는다.

"엑. 발목? 발목에 링크를 하는 놈들도 있나?"

던컨의 머릿속으로는 막상 떠오르는 건 없다. 다만, 잘 보이지 않는 발목에 링크를 한다는 건 과시용이 아니라는 얘기다.

하지만, 이상하다. 대부분이 가장 효율이 좋은 팔뚝에 링크를 시도한다. 굳이 효율이 떨어지는 발목에다 링크를 시도하는 사람은 없다.

벨이 헷갈릴 만도 했다.

던컨은 자리에서 일어났다.

"어디가시게요, 대장?"

벨의 질문에 던컨이 남자를 지그시 바라보더니 말했다.

"저 남자와 잠시 대화를 하고 오겠다."

"미친놈인지 아닌지 대장이 선별하겠다는 거요?"

"그래."

던컨은 바로 모닥불 앞에 있는 남자의 옆으로 가 앉았다.

둘은 한참을 대화를 주고 받았다.

한스와 켈리, 벨은 그 장면을 유감없이 목격했다.

벨은 한스를 쳐다보며 물었다.

"어떻게 미친놈인지 아닌지 판별하겠다는 거야? 대장이?"

한스가 어깨를 으쓱했다.

"몰라. 그래도 우리 대장이 사람 보는 눈은 정확해."

한스도 그 방법이 궁금했다.

하지만, 던컨이 직접 와서 얘기를 하기 전 까지는 꾸욱 참았다.

잠시 후, 던컨이 자리를 뜨더니 되돌아왔다.

"어떻게 됐수, 대장?"

던컨은 담담한 표정으로 모닥불을 다시 한 번 쳐다보더니 말했다.

"그냥 미친놈이다."

◆

타닥, 타닥—

펜릴은 모닥불 앞에 앉아 던컨 용병단을 힐끔 쳐다보았다.

뜻하지 않은 동행이다.

펜릴은 보름 동안 쉬지 않고 북쪽으로 내달렸다.

이폴라에서 잠시 쉬었던 건 정보 수집의 목적을 위해서다.

많은 이들이 칼루스로 향하고 있다. 현재 이폴라에서는 칼루스로 향하는 자들의 모임이 많다. 펜릴은 그들과 같이 움직일 생각은 추호도 없었다. 그저 마차를 하나 골라 탔는데, 그곳에 던컨 용병단이 마침 있었던 것뿐이다.

'저들의 목적도 하나뿐이겠지.'

소문만 무성히 피어오르는 불사의 초.

죽지 않는다는 건, 굳이 링커가 아니더라도 관심을 끌만한 화젯거리가 된다.

찾기만 하면 부자가 된다.

칼밥먹으며 하루살이처럼 살아가는 용병들이나 어중이떠중이들이라면 저절로 발걸음이 칼루스로 향하게 했다.

'저 자들도 그런 자들의 하나겠지.'

펜릴은 잠시 던컨이 왔다간 자리를 회상했다.

'내일이면 마부가 안내하는 곳도 끝나네. 칼루스까지는 어떻게 갈 생각인가?'

'이 마차는 칼루스까지 가는 게 아니었습니까?'

'이보게. 칼루스 근처는 마수들로 가득하네. 어찌 마부

의 힘으로 그 마수들을 헤쳐갈 수 있겠나? 자네, 그런 것도 몰랐나?'

'전 칼루스까지 직행하는 줄 알고……'

'쯧. 아무 생각도 없이 왔단 말인가? 행상인이라는 작자가 그렇게 정보가 어두워서야.'

'어떻게 방법이 없겠습니까?'

'혼자 힘으로 가는 것은 매우 어려운 일일세. 마부에게 사정을 설명하고 일단 되돌아가서 다음을 기약하는 게 좋은 방법일 것 같네만.'

'으음, 일단 생각해보겠습니다.'

그 대화를 끝마치고 던컨은 용병단이 있는 곳으로 되돌아갔다.

멜프레 상단의 짐마차를 타본 적은 있어도 운송수단으로써 사용하고 있는 정기마차를 타본 적은 없다.

펜릴이 헷갈릴 만도 했다.

그 어떤 마차도 중간에 되돌아오는 경우는 없다.

이곳이 칼루스라는 특이한 지형적 상황 때문에 벌어진 일이다.

다만, 펜릴에게는 그것이 사전에 충분히 설명이 되지 못했기에 몰랐을 뿐이다.

'마부에게 칼루스로 향하는 길을 묻고, 정 안된다 싶으

면 저들을 따라가야겠군.'

마수는 문제가 되지 않는다.

그들의 독특한 영역표시만 파악할 수 있다면 상급이나 최상급 마수라고 해도 충분히 피해갈 수 있다.

게다가 펜릴에게는 곤조의 발목이 있다. 랩터가 아닌 이상에야 죽었다 깨어나도 펜릴을 쫓아올 방법은 없다.

던컨 용병단은 칼루스까지 갈 자신이 있는 거다. 지도를 확보하고 있거나 혹은 여러 번 왕래를 해봤다거나.

그들이 움직이면 흔적이 남는다. 펜릴은 그 흔적을 쫓아 간다면 칼루스까지 손쉽게 찾아갈 수 있다.

마부가 없다고 해도 큰 문제는 안 된다.

펜릴은 불쏘시개로 장작을 정리하고 고개를 치켜들며 하늘을 쳐다보았다.

당장 내일이 되기까지 할 일이 있는 건 아니지만 어째선 지 잠이 제대로 오지 않는다.

고개를 내려 슬쩍 발목부위를 쳐다보았다.

눈만 감으면 말을 걸어오기 시작한다.

펜릴은 그날도 가장 늦게 잠에 들었다.

◆

"이곳에서 부터는 제가 안내할 수 있는 길이 아닙니다."

마부의 얘기에 펜릴을 비롯해 던컨 용병단은 마차에서 내렸다.

"수고했네. 위험할 수 있으니 어서 돌아가게."

"예."

던컨은 마부에게 돈 몇 푼을 건네며 어깨를 두들겼다.

안전하게 데리고 온 일종의 팁이었다.

마부는 펜릴에게 다가와서는 손가락으로 한쪽 방향을 가리켰다.

"저곳으로 간다면 칼루스가 나올 것입니다."

"감사합니다."

펜릴이 고개를 끄덕였다.

그도 던컨이 했던 것처럼 돈 몇 푼을 건네주었다.

마부는 연신 허리를 숙이며 마차를 돌려 사라졌다.

던컨은 그 모습을 쳐다보더니 펜릴을 향해 물었다.

"돌아가지 않는 겐가?"

"생각해 봤지만 여기까지 와서 돌아가는 건 아까운 것 같습니다."

"허, 목숨이 걸린 일에 시간을 아까워하다니. 얘기했다시피 이곳엔 마수들이 살고 있네. 행상인이라는 자네 신분을 곧이곧대로 믿는 건 아니지만, 마수는 장난이 아닐세. 지금이라도 늦지 않았으니 마차에 올라타게. 멀리 가지는 않았을 거야."

"관심에는 감사합니다만, 전 돌아갈 생각이 없습니다."

던컨은 펜릴의 태도에 입을 꾸욱 다물더니 등을 돌리며 한 마디 했다.

"혹시라도 자네를 동행시킬 생각은 없네. 우리도 목숨이 걸린 일이라."

냉정한 던컨의 말에 용병단 일원들도 저절로 입을 다물었다.

"알고 있습니다."

"그럼, 우리 먼저 출발하겠네. 가자."

"예, 대장."

던컨 용병단이 먼저 떠났다.

펜릴은 던컨 용병단이 어떤 곳인지는 잘 모른다. 하지만, 던컨이라는 사내의 주위에서는 심상치 않은 기운이 밀려온다.

그는 마나연공법을 알고 있는 거다. 마나연공법을 아는 사람들은 주위의 감각이 뛰어나게 발달하고 마나를 읽는 눈이 뜨이게 된다.

굳이 따라간다는 걸 보여주고 싶지는 않다.

펜릴은 던컨이 사라지고 약 30분 정도를 기다렸다가 움직이기 시작했다.

"우리가 잘 한 행동이지?"

벨의 질문에 켈리가 머리를 쓰다듬었다.

"너도 이제 3년차야. 이게 용병이고, 이랬던 게 용병이고 앞으로도 이런 게 용병이야. 가장 우선시 되는 건 목숨. 그것만 바라봐야 돼."

잠자코 듣고 있던 한스가 동의했다.

"이번 행동은 대장이 옳았어. 마음이 찜찜한 건 어쩔 수 없었지만. 대장도 쉽게 결정할 수 있는 건 아니었을껄? 그렇지 않수? 대장?"

"우리는 그를 몰랐지만, 그도 우리를 잘 모르는 상황이다. 마수보다도 사람이 무서울 때가 있는 법이다. 그것만 기억한다면 결정은 가슴이 아니라 머리로 내릴 수 있다."

"네, 대장."

벨은 고개를 끄덕였다.

이곳 누구 하나 마음이 찜찜하지 않은 사람은 없다.

하지만, 결정은 옳았다.

그리고 그런 결정을 내려야 하는 던컨의 마음은 더욱 무겁다.

세상일이 오로지 마음 가는 데로, 의욕만 앞선다고 할

수 있는 건 아니라는 걸 새삼 느끼게 된다.

"대장, 이쪽으로 가는 길이에요."

켈리는 지도를 보며 앞장섰다.

마법사인 벨과 한스는 가운데, 던컨은 맨 뒤에 섰다.

아무래도 마법사인 벨은 체력이 떨어진다. 그걸 보완하기 위해서다.

"이곳부터 마수의 영역이에요."

제국이 북방의 이민족과 싸우며 수복한 땅.

하지만, 너무 많은 마수 때문에 사냥을 포기하기도 한 땅.

꿀꺽.

벨이 침을 삼킨다.

"칼루스까지는 이틀거리다. 켈리, 무리할 필요 없으니 가장 안전한 길로 이동한다."

"네, 대장."

던컨의 말에 켈리가 고개를 끄덕인다.

켈리도 이곳은 초행길이다. 지도만 보고 안전한 길을 찾는 건 쉬운 게 아니다. 하지만, 이 그룹에서 그녀만이 유일하게 할 수 있는 일이다.

그녀는 칼만 잘 쓰는 게 아니라 트랩을 설치하거나 혹은 해제하는 것도 손쉽게 한다. 독을 제조하는 것 뿐만 아니라 약초 다루는 일도 잘한다. 그녀가 이 그룹에서 반드시 필요한 이유이기도 하다.

그렇게 얼마를 이동했을까.

켈리는 잘 가던 길을 멈추고 허리를 숙였다.

"무슨 일이야?"

한스의 질문에 켈리가 검지손가락을 입 앞에 조용히 댔다.

그러자 한스가 얼른 입을 다물고 고개를 두리번거렸다.

켈리는 손으로 땅을 몇 번 만지더니 던컨에게 보여주었다.

"피로군."

"네, 그것도 얼마 되지 않은 것 같은데."

그러면서 켈리는 혓바닥을 살짝 내밀어 피의 맛을 봤다.

"마수의 것도 아닌 것 같은데. 사람 피 맞아요."

마수의 피는 다양한 색깔을 지녔다.

어떤 마수는 초록색 어떤 마수는 인간과 다르지 않은 붉은색.

텁텁한 맛이 느껴지는 것을 보아 인간의 피는 확실하다.

켈리는 피가 떨어진 곳을 살펴보더니 손가락으로 한 곳을 가리켰다.

"저 곳 이에요. 멀지 않아요."

그러면서 던컨을 쳐다본다.

결정은 오로지 던컨이 한다. 그가 대장이기 때문이다.

"일단, 상황을 지켜본다. 위험한 것 같으면 발을 빼고, 켈리가 앞장서서 정찰을 한다."

켈리가 무겁게 고개를 끄덕인다.

"명심해라. 괜한 호기심으로 죽을 수도 있다는 걸. 정찰이다. 정찰만 하고 오면 된다."

"예, 대장. 그럼 갔다 올게요."

켈리가 빠르게 그 자리에서 사라진다.

한스는 미리 칼을 뽑고 다음에 올 상황에 대비한다.

켈리는 베테랑이다. 그녀의 위장술은 굉장히 뛰어나다.

던컨도 그녀가 마음먹고 숨으면 찾아낼 자신이 없다.

그런데, 그때 날카로운 비명소리가 들린다.

여자의 비명소리다.

한스와 벨은 곧바로 시선을 던컨에게 돌렸다. 던컨은 말을 꺼낼 시간도 없이 칼과 등뒤에 방패를 꺼내고 켈리가 사라진 방향으로 발 빠르게 사라졌다.

한스와 벨도 던컨의 뒤를 따라 움직였다.

◆

"슬링의 용병단이다."

수풀에 숨어 상황을 지켜보던 던컨의 말에 한스가 물었다.

"아는 자요?"

던컨이 하얀 머리의 중년 남성을 가리키며 말했다.

"저기 저자가 슬링이다. 켈리는 슬링 용병단에서 일했다. 아무래도 상황을 그냥 지켜만 볼 수는 없었던 모양이다."

"처참하군. 우리도 도와줘야 되는 거 아뇨?"

바닥에 널린 시체가 열 쯤 된다. 그리고 살아있는 자들을 보면 세 명 정도. 그 중 하나가 켈리인 것을 제외한다면 고작 슬링 용병단은 두 명 밖에 살아남지 못한 거다.

켈리는 슬링 용병단에서 컸다. 당시 인원이 많아지면서 배분 문제에 대해 고민하던 찰나에 던컨의 제의에 용병단을 옮긴 거다.

보통 용병의 이적 사항에 대해 대장은 불쾌해 하거나 돈을 요구하는 경우가 많은 데 슬링은 켈리를 자유롭게 풀어주었다.

켈리는 그 은혜 때문이라도 용병일을 그만두기 전에 기회만 된다면 돌아가고 싶다고 던컨에게 입버릇처럼 얘기하곤 했다.

던컨은 한스의 어깨를 붙잡고 입을 열었다.

"기다려라. 명심해야 될 것이 있다."

"뭐요, 대장?"

"우리는 켈리를 구하는 것이 최우선이다. 기회가 된다면 슬링을 구하지만, 어디까지나 켈리의 안전이 우선시 되었을 때다."

"그건 알고 있수, 대장."

던컨은 뒤에 있던 벨을 바라보았다.

"언제든 마법을 사용할 수 있게끔 준비를 해놓아라. 넌 이곳에서 나오지 말고 사태를 주시해. 만약 이 근처에 피냄새를 맡고 다른 마수들이 나타난다면 즉시 나에게 달려와 상황을 전달해라. 알겠지?"

"네, 대장."

벨이 고개를 끄덕인다.

마법사라고 마법만 사용하는 건 아니다.

용병단에서 일을 하게 되면 모든 것을 할 줄 알아야 한다.

정찰부터 활을 사용하거나 칼을 잡는 일 까지.

마법사는 귀한 자원이지만, 정작 필요할 때 목숨을 지키는 건 자기 자신뿐이다.

"그럼, 가자."

던컨은 수풀에서 나와 곧바로 방패로 달려드는 놀의 몽둥이를 쳐냈다.

놀은 크기가 크지 않다.

힘도 그렇게 쎄지 않다.

무서운 건 집단생활을 한다는 점이다.

힘은 하급 마수수준에도 지나지 않은 데 군락을 이루고 있을 만큼 머리가 좋다. 그래서 사람들은 놀을 중급 마수로 분류해 놓았다.

슬링 용병단은 하필이면 놀들의 영역에서 발각되어 싸움을 벌였을 것이다.

놀의 숫자만 해도 서른 마리.

슬링 용병단과 혈투를 벌인 덕에 놀의 숫자는 다섯도 남지 않았다.

"대장!"

켈리는 곧바로 던컨을 불렀다.

그녀는 허리춤에 매달린 두 자루의 단검으로 놀의 목을 베었다.

던컨은 빠르게 검으로 놀의 목을 베고 켈리의 옆으로 다가왔다.

"빠르게 이곳을 나간다."

"대장! 저 사람은 슬링 씨라고요."

슬링은 혼자서 놀과 힘겨운 전투를 벌였다.

그런데 어딘지 모르게 그 놀은 다른 놀들보다도 키가 크고 덩치도 거대하다.

놀들을 이끄는 우두머리다.

몬스터.

그것도 군락을 이루는 오크들의 우두머리인 오크로드는 사실 이름만 거창하지 강하지 않다. 아무리 우두머리라고 해봤자 결국은 오크다. 힘의 세계인 오크들 중에서도 가장 강하다고 해도 결국 마나연공법을 익힌 기사들의 수준에는 오르지 못한다.

그런데, 마수들은 다르다.

같이 군락을 이루지만 마수들은 가끔 특이한 놈들이 태어난다.

놀도 그런 경우다.

우두머리는 다른 놀들에 비할 바가 못 될 정도로 강력한 경우가 있다.

실제로 슬링의 용병단은 아주 수준이 높다.

그런데 하급 마수수준 밖에 안 되는 놀들에게 떼거지로 당했다는 건 말이 되지 않는다.

"저 혼자 이곳을 갈 순 없어요. 여기 있던 사람들은 다 제가 알던 사람들이에요."

싸늘한 주검이 됐지만 모두 켈리와 친했던 동료들이다.

용병일을 하면서 가장 힘든 건 사사로운 감정을 배제하는 거다. 특히나 목숨이 달린 일에는 가슴이 아닌 머리가 시키는 일을 해야 정답이다.

던컨은 전형적으로 머리가 시키는 데로 따른다.

놀들과 인간들의 시체가 주변에 널렸다.

마수들은 피 냄새를 10km밖에서도 맡는다고 할 정도로 후각이 발달한 경우가 있다.

특히나 놀이 그렇다. 놀은 개의 형상을 한 마수다. 후각이 인간의 예상을 뛰어 넘는다.

피 냄새를 맡았다면 분명 이곳으로 달려들 거다.

던컨은 벨이 있는 곳을 한 번 쳐다봤다.

아직까지 벨의 얘기가 없다.

"크악!"

슬링이 놀 우두머리의 몽둥이에 옆구리를 맞았다.

3미터는 붕 떠서 바닥에 처박힌다.

움직이질 못하는 걸 보니 갈비뼈가 죄다 부러진 모양이다.

던컨은 켈리의 얼굴을 쳐다보고 할 수 없다는 듯 말했다.

"이번 한 번 뿐이다."

"대장!"

"한스! 넌 이곳에서 켈리와 함께 남은 놀을 처리한다. 벨! 너는 이곳에서 살아 있는 자가 있는 지 확인하고 부상자를 옮겨라!"

던컨은 그 얘기를 하고 곧바로 놀의 우두머리가 있는 곳으로 발걸음을 돌렸다.

슬링과 함께 놀의 우두머리를 맡고 있던 남자는 벌써 몽둥이에 머리가 깨져 더 이상 형체를 알아 볼 수 없었다.

놀의 우두머리도 던컨의 접근을 알았는지 등 뒤에서 다가오는 던컨을 쳐다보았다.

슬링이 몸을 꿈틀거리는 것으로 보아 죽지는 않은 것 같다.

던컨이 아무리 슬링과 친분이 있다고 해도 목숨을 내걸 정도는 아니다. 만약 목숨이 여벌이라고 해도 던컨은 남을 위해 추호도 목숨을 내 걸 생각이 없다.

오랜 용병생활은 항상 얘기한다.

멍청한 놈들이 가장 빨리 죽는다고.

그리고 그 멍청한 결정은 바로 이런 행동을 뜻한다.

얼마나 많이 보아왔던가.

정말 한 순간의 결정으로 용병단이 사라지고, 사람들이 죽어가는 지.

던컨은 검을 들어 올리며 우두머리를 향해 휘둘렀다.

빠른 베기의 속도에 놀이 뒤로 주춤 물러나더니 곧바로 몽둥이를 그대로 내리 찍는다.

콰앙!

던컨이 방패를 들어 올리며 막았다.

팔에서 아찔한 충격이 전해져온다.

부러진 것은 아닌가 하는 생각도 든다.

흡사 과거에 트롤의 몽둥이를 방패로 받았을 때의 그 충격보다 더 하면 더 했지 덜 하진 않다.

"크윽!"

어금니를 물고 던컨은 한 발자국 뒤로 물러났다.

방금까지 있던 자리가 패인 것이 아니라, 발이 반쯤 땅에 박혔다.

던컨은 켈리와 한스를 불렀다.

"녀석들을 처치하고 나를 도와라!"

그만큼 던컨이 급하다는 얘기다.

켈리와 한스를 볼 수도 없으니 상황이 어떻게 돌아가는 지도 제대로 알 수가 없다. 한눈을 팔았다가는 슬링의 옆에 있던 남자처럼 머리가 수박처럼 박살이 날 것만 같다.

'시간을 끈다!'

베테랑이라는 것.

그건 효율이다.

얼마만큼 효율적으로 적을 상대하는 데에 있다.

켈리와 한스가 놈을 처치하고 합류한다면 어느 정도 승산이 있다.

더군다나 이곳엔 벨도 있다.

벨은 마법사다. 한 순간, 강력한 공격을 퍼부을 수 있다.

던컨은 놀 우두머리 공격을 요리조리 피해 다녔다.

허공만 가른다고 생각했는지 우두머리가 머리끝까지 화가 나 신경질적으로 몽둥이를 휘둘렀다.

아무리 머리가 좋다고 해도 마수는 마수다.

"대장! 합류할게요!"

때마침, 기쁜 소리가 들린다.

한스와 켈리가 곧바로 놀의 우두머리쪽으로 붙었다.

"실수로라도 저 몽둥이에게 얻어맞으면 당장 머리가 박살이 난다. 최선을 다해 피해라. 막지도 마라. 이곳에서 부상을 입는건 최악이다."

"그것 참……."

어려운 얘기라는 건 아는데, 참 말처럼 쉬운 얘기가 아니다.

고속으로 휘두르는 몽둥이를 막지도 말고 오로지 피해야만 하다니.

방패를 가지고 있는 건 던컨뿐이다.

"내가 놈의 움직임을 막고 한스가 그걸 돕는다. 그리고 켈리가 끝장을 내라!"

그때, 벨의 날카로운 소리가 들렸다.

"대장! 이 근처에 설치한 알람 마법 소리가 들려요! 누군가 알람 마법을 깼어요!"

"방향은?"

"동쪽이요! 거리는 2km쯤 되는 것 같은데, 숫자가 많아요!"

숫자가 많다.

놀이라는 얘기다.

놀의 속도로 2km는 순식간이다.

한스와 켈리가 한 순간에 던컨을 쳐다본다.

결국 결정은 대장의 몫이다.

그들도 아는 것이다.

놀의 우두머리를 처치하고 이곳을 당장 도망간다고 해도 과연 놀의 손아귀에서 벗어날 수 있다고 장담하지 못한다는 걸.

"한스! 집중해라!"

그때, 놀의 우두머리가 몽둥이를 하늘로 높이 치켜 올리더니 그대로 머리를 향해 내리 찍었다. 던컨은 왼쪽 발로 한스의 다리를 걸고 넘어뜨리며 방패를 들어 올렸다.

"켁!"

한스가 자빠지고 방패로 엄청난 충격이 전해진다.

특히 자세가 완전히 무너지는 바람에 던컨은 그대로 뒤로 벌러덩 넘어졌다.

등에서 상당한 고통이 느껴진다.

놀의 우두머리는 아예 끝장을 내려는 듯 다시 몽둥이를 들어 올렸다. 철로 된 방패가 움푹 파일 정도로 가공할 만

한 파괴력을 지닌 몽둥이다.

던컨은 몸을 바짝 웅크리고 머리를 보호하는 자세로 양 팔로 방패를 들어 올렸다.

쉬익-!

그때, 바람을 가르는 작은 소리가 들린다.

퀘에엑, 꾀엑!-

놀의 우두머리가 주춤 주춤 뒤로 두 발자국을 물러 나간 다.

던컨이 방패를 치우고 보니 화살 하나가 눈에 박혀 있었 다.

"뭐야!"

한스도 깜짝 놀라 화살이 날아온 방향을 쳐다봤다.

"저, 저자는……."

같은 마차를 타고 동행했던 남자가 나무 위에 올라가 있 다.

겁 없이 칼루스로 혼자 간다던 그 남자가 나타난 것이 다.

그 남자는 다시 시위에 화살을 걸고 소리쳤다.

"뭐합니까? 동쪽에서 놀이 오고 있는데. 빨리 살아있는 사람이라도 가요."

던컨은 그 남자의 소리에 정신을 차렸다.

"한스와 벨은 슬링을 업고 켈리! 놀의 시야에 걸리지 않게 길을 찾아라!"

나무 위에 있던 남자는 시위를 다시 당기더니 놀의 우두머리를 향해 쏘았다.

놀의 우두머리는 화살을 뽑고 더 이상 눈 앞에 있는 던컨과 한스는 관심이 없다는 듯 그 남자를 향해 달려갔다.

남자는 등을 휙 돌리더니 발 빠르게 사라졌다.

한스는 칼을 검집에 넣고는 곧바로 벨과 함께 슬링의 팔을 자기 목에 걸고 켈리의 뒤를 쫓았다.

◆

꾀엑, 꾀엑-

곤조가 비명을 지른다.

아무리 날랜 자라고 해도 이 숲을 터전으로 삼고 있는 놀의 우두머리를 피해 달아날 순 없다. 펜릴은 곤조의 발목을 각성시킨 채 나뭇가지만 밟고 가볍게 다른 나무로 옮겨갔다. 그 뒤로 놀의 우두머리가 빠르게 달려온다.

펜릴은 화살통과 활을 바닥에 내던지고 양쪽 허리춤에서 마체테를 꺼냈다.

펜릴은 중급마수사냥꾼이다.

놀은 하급마수들 보다도 약하다.

슬링도 그렇고 던컨도 그렇고 모두가 고전했던 이유는 마수에 익숙하지 않기 때문이다.

결국 놀이란 건 집단생활을 하기 때문에 강력하다.

한쪽 눈의 시력을 잃은 놀은 이미 이성을 잃었다.

펜릴은 일부러 나무가지를 강하게 밟고 부러뜨려 바닥에 가볍게 착지했다.

크르르-

한쪽 눈에서 피를 철철 흘리는 놀의 모습은 괴기스럽기 짝이 없다.

펜릴은 양쪽 손에 마체테를 하나씩 움켜잡고는 앞으로 치고 나갔다.

놀은 하늘 위로 번쩍 몽둥이를 치켜들어 올리더니 펜릴이 다가오는 속도에 맞춰서 그대로 내리 찍었다.

쿠웅!

바닥에 먼지가 자욱하게 피어오른다.

펜릴은 타이밍 좋게 옆으로 피하고 마체테로 놀의 옆구리를 베었다.

상처가 길게 생기며 피가 왈칵 쏟아진다.

그리고 뒤로 돌아가 이번엔 등을 베어 버린다.

질긴 가죽이지만 이런 경험은 자주 했다.

펜릴은 마수 사냥꾼!

마수들의 가죽은 질릴 정도로 베어보았다.

펜릴은 가볍게 뒤로 한 발자국 물러났다.

놀이 사방으로 휘두르며 펜릴을 찾았다.

한쪽 시야가 사라졌다는 것.

그건 그쪽 시야는 완전한 사각 지대가 된다는 뜻이다.

마수를 사냥할 때는 마수가 좋아하는 방식으로 절대로 싸워주면 승부를 볼 수 없다. 인간이라면, 인간이 유리한 곳으로 끌고 와야 한다.

펜릴은 또 다시 놀의 사각지대로 들어가 상처를 냈다.

피가 왈칵 쏟아진다.

단순한 패턴이지만 이것만큼 확실한 방법은 없다.

곤조의 발목 때문에 놀은 죽었다 깨어나도 펜릴의 털끝 하나 잡을 수 없다.

게다가 다년간 마나연공법을 수련한 펜릴의 검은 절대 무디지 않다.

결국 인간이나 마수나 피를 흘리면 쓰러진다.

놀은 한쪽 남은 눈마저도 시야가 흐릿해졌다.

피를 너무 많이 흘린 탓이다.

펜릴은 완전히 놀의 등 뒤로 돌아가 그대로 칼로 놀의 목을 날려 버렸다.

놀의 육중한 몸이 바닥에 고꾸라졌다.

펜릴은 천을 꺼내 마체테를 닦고는 활을 찾아 그 자리에서 벗어났다. 놀 우두머리의 피냄새를 맡고 또 다시 놀들이 다가온다면 귀찮아 질뿐이다.

♦

던컨용병단은 피가 묻은 옷을 여러 갈래로 나누어 던졌다.

후각이 좋은 놀을 혼란스럽게 만들기 아주 좋았다.

켈리는 완전히 놀의 영역을 벗어 나서야 한숨을 돌렸다.

"눕혀봐."

한스와 던컨이 슬링을 바닥에 내려놨다.

마법사인 벨은 체력이 좋지 않아 중간에 던컨이 부축했다.

대신 벨의 손아귀에는 한스와 던컨의 검과 방패가 있었다.

켈리는 곧장 슬링의 상의를 모두 벗기고 가슴에 귀를 바짝 가져다 댔다.

"어때?"

"미약하게 숨은 쉬어요. 갈비뼈가 부셔지긴 했지만, 최악의 상황을 피한 것 같아요."

최악의 상황은 부셔진 갈비뼈가 심장이나 어디 내장을

찌르기 시작하는 것이다. 눈에 보이는 것 만으로는 알 수 없으니 장담은 할 수 없다.

하지만 슬링의 표정으로 봐서는 크게 고통스러워한다거나 하지는 않다.

다만, 던컨의 표정은 점점 굳어졌다.

칼루스까지는 이틀거리다. 제대로 된 의사도 이곳에는 당장 찾을 수 없다.

움직이지도 못하는 부상자를 데리고 이 험난한 숲을 빠져 나가야 칼루스까지 갈 수 있다.

켈리는 던컨의 표정이나 그간 취해온 행동 때문인지 슬링에게서 한 시도 떨어지지 않았다.

"응급처치만 된다면 의식을 제대로 차릴 수도 있어요. 다행이에요. 아무래도 비껴 맞은 것 같으니."

옆구리에 난 멍이나 상처를 보면 정확한 타격지점을 찾기가 어렵다.

그건 슬링이 맞을 것을 알고 충격을 최소화 할 수 있는 방향으로 몸을 먼저 날린 거다.

차라리 죽어버렸다면 이렇게 고민할 것도 없이 적당한 곳에 묻어주고 갈 길 떠나면 된다.

던컨은 잠시 쓰러진 슬링을 힘껏 째려봤다가 눈에 힘을 풀었다. 더 이상 이곳에서 심적인 낭비를 하고 싶은 마음이 없기 때문이다.

처음부터 버렸으면 모를까, 구한 이 마당에 나 몰라라 던져두고 갈 수도 없는 판국이었다.

한스는 자리에 털썩 주저앉더니 입을 열었다.

"아까 그 남자는 뭐였지?"

놀의 눈을 정확히 맞추는 궁술도 신비롭지만, 갑자기 나타나서 놀의 우두머리를 데리고 사라졌다.

벨은 곰곰이 생각해봤다.

"우리를 쫓아 왔을 지도 몰라."

"왜?"

한사의 질문에 벨이 손쉽게 대답했다.

"두 가지 중 하나겠지. 우리에게 원한이 있거나, 칼루스로 가는 길을 몰라서 우리를 쫓았거나. 후자에 가깝지만."

원한이 있다면 놀의 우두머리에게 공격을 당할 때 내버려 뒀을 것이다.

"그나저나 어떻게 됐겠냐?"

벨이 양손을 들어 올리며 어깨를 으쓱 올렸다.

"몰라. 자신이 있으니까 놀의 우두머리를 데리고 간 걸 거야."

"엄청난 놈이었어."

놀의 우두머리를 얘기하는 거다.

던컨의 찌그러진 방패가 그것을 말해주고 있다.

그 남자는 일부러 위험을 자초했다.

한스는 엉덩이를 일으켰다.

켈리가 눈을 동그랗게 뜨고 물었다.

"어디가?"

"아무래도 마음이 편치 않아. 그 사람이 어떻게 됐는지 보고 오는 게 좋겠어."

켈리가 그를 만류했다.

"내가 갈게. 지금 슬링은 응급처치를 하지 않으면 정말 위험해져. 그를 찾으면서 슬링에게 좋은 약을 구해야겠어."

그러면서 던컨을 돌아보았다.

이 일은 던컨의 허락을 구해야 한다.

어디까지나 이 그룹의 리더는 던컨.

특히나 이런 위험한 상황에서는 대장의 말을 듣는 게 가장 안전한 방법이다.

"으음……."

던컨도 고민이 생긴다.

이대로 이곳에서 계속 있을 수도 없다.

어떻게든 빨리 칼루스로 도착하는 게 옳다. 하지만, 제대로 처치도 못한 채로 슬링을 내버려둘 수도 없는 일이다.

"그럴 필요 없어요."

그때, 나무 위에서 펜릴이 뚝 떨어졌다.

그리고 손에는 약초를 한껏 안아들고는 켈리에게 건네 주었다.

"갈비뼈가 부러진 사람에게 좋은 약이에요. 달여서 먹 이면 좋을 겁니다."

"다, 당신은……."

켈리는 일단 약초를 받았다. 그리고 그 약초를 하나하나 살폈다. 실제로 뼈가 붙기에 좋은 약초들이다. 약초에 대 한 지식까지 있는 걸로 보아 숲이라는 이 지역이 굉장히 친숙하다는 증거다.

"일단, 따라와요. 하루 정도 머물기에 괜찮은 곳이 있어 요."

펜릴이 앞장을 서자 켈리가 소리쳤다.

"자, 잠깐만요! 이봐요! 우리는 한시가 급하다고요. 당장 이곳을 떠나야 돼요. 당신도 이 사람의 상태를 확인했으면 알 거 아녜요?"

펜릴은 걸음을 멈추고 고개를 위로 올렸다.

이미 해가 뉘엿뉘엿 떨어지고 있는 상태다. 하늘은 붉게 물들었다. 이 숲에서 밤을 보내면 위험하다.

켈리는 입을 다물었다.

던컨도 무겁게 입을 열었다.

"슬링을 챙겨라. 일단 저 남자를 따라간다."

뒤이어 한스가 슬링을 업었다.

저 남자가 저렇게 손쉽게 움직인다는 것은 이미 봐둔 곳이 있다는 증거다.

◆

밤은 빠르게 찾아온다.

특히나, 숲이라면 그렇다.

던컨 용병단은 한 마디 말도 없이 펜릴의 뒤를 묵묵히 따라갔다. 뒤이어 사람 몇 명이 몸을 숨길만한 작은 굴이 하나 보였다.

"몇몇 마수들이 겨울에 휴식을 취할 때 사용하던 곳일 거예요. 물론, 지금은 아니겠지만."

곳곳에서 마수의 냄새가 풍긴다.

역한 냄새라고 해도 마수의 냄새가 풍기면 풍길수록 좋다.

그럴 수록 이 근방에는 다른 마수들이 찾아오지 않는다는 얘기다.

켈리는 펜릴이 가져온 약초를 달여 먹이고 상태를 지켜봤다.

펜릴은 나뭇가지들을 긁어모아 불을 지폈다. 사람들은 그곳으로 모여 들었다. 그러면서 자연스레 이야기가 시작되었다.

가장 먼저 한스가 입을 열었다.

"그 놀은 어떻게 됐수?"

"죽였습니다."

펜릴은 담담하게 말했다.

한스가 눈이 동그래져서 되물었다.

"아니, 그 괴물 같은 녀석을 죽였단 거요?"

"예."

고개를 살며시 끄덕이는 펜릴에게 벨이 눈을 반짝이며 묻는다.

"당신이 멜프레 상단의 행상인이라는 얘기는 들었어요. 정말 맞나요?"

거짓을 애기하는 건 쉽다.

하지만, 이들이 원하는 건 진실.

그 사이에서 생기는 신뢰다.

지금은 동굴이라는 피신처에 숨어 칼루스로 향하는 같은 배를 탄 선원들이나 다름이 없다.

"멜프레 상인과는 친분이 조금 있습니다. 전 원래 마수 사냥꾼입니다. 다만, 행상인 신분이 여행을 할 때 편했을 뿐입니다."

"아하, 그래서……."

놀의 우두머리를 죽인 것도 쉽게 이해가 간다.

상처 하나 없는 걸로 보아서는 상당한 힘을 가졌다는 얘
기다.

벨이 재차 물었다.

"당신은 링커인가요?"

갑자기 동굴 안의 분위기가 확 달라진다.

가만히 앉아 있던 던컨도 슬링을 치료하던 켈리도 시선
을 펜릴에게 둔다.

펜릴은 대답대신 자신의 바지를 걷어 올렸다.

양쪽 발목에 새긴 각인의 문신이 뚜렷하게 보인다.

"대답이 됐어요?"

"네."

신기하다.

발목에 새긴 문신이라니.

그런데, 마수사냥꾼이라는 직업을 생각하면 그럴 수도
있겠다 싶었다. 사람마다 성향은 다르니 그러려니 하는 분
위기다.

펜릴은 가만히 앉아 있다가 슬링과 켈리를 쳐다보았
다.

예전의 모습이 생각난다.

자신도 한 번 저렇게 갈비뼈가 부러진 적이 있었다.

그때는 켈리 대신 티라가 있었고 펜릴은 꼼짝없이 일주
일을 누워만 있어야 했다.

"왜요?"

시선을 느낀 켈리가 펜릴을 쳐다보며 묻는다.

펜릴은 가방 안에서 옷가지들을 꺼냈다.

"부목보다는 아무래도 들것을 만드는 게 좋을 것 같습니다."

켈리도 인정했다.

가장 좋은 방법은 들것으로 남자들이 앞뒤로 한 명씩 서서 들고 가는 거다.

"잠시만 나갔다 올게요."

펜릴은 바깥으로 나가 적당한 크기의 나무들을 잘라 왔다.

들것의 지지대를 해줄 것들이다.

"도와드릴게요."

켈리가 옆으로 왔다.

이건 펜릴과 관련이 없는 일이다.

"제가 할게요. 저 분을 계속 살펴주세요."

갈비뼈가 부러졌을 때의 아픔은 당한 자만이 안다.

어차피 할 일도 없다.

시간을 무의미하게 보내는 것 보다 뭐라도 하면서 보내는 게 낫다.

어느새 벨과 한스는 잠에 빠졌다.

던컨은 바깥 상황을 살피기 위해 잠시 나갔다.

펜릴은 들것 만드는 걸 끝내고 벽에 기댔다. 그러면서 켈리를 위해 한 마디 했다.

"빨리 자는 게 좋을 겁니다. 내일은 더 고단할 테니까요."

칼루스까지는 아직도 이틀.

켈리는 무겁게 고개를 끄덕였다.

monster link

칼루스

몬스터
링크

NEO FANTASY STORY

칼루스
monster link

"이쪽입니다."

원래 일행에서 앞장서서 길을 찾는 건 켈리의 역할이었다.

그런데, 켈리는 일행에서 유일하게 약초에 해박하고 치료에 전념할 수 있는 인물이다. 켈리가 들고 있던 칼루스의 지도는 어느새 펜릴의 손에 쥐어져 있었다.

한스와 던컨은 들것으로 슬링을 들고 켈리는 그의 상태를 확인한다. 벨은 펜릴의 뒤에 바짝 서서 주위를 연신 두리번거렸다.

그는 들것으로 인해 한스와 던컨의 체력 저하 상태를 확인하며 펜릴과 걸음 속도를 조절해야 한다.

펜릴은 지도와 나침반을 이용하여 최적화된 길을 찾아
냈다.

"돌아가죠."

켈리는 단순히 슬링의 상태를 확인하고 치료하는 것에
만 전념하지는 않았다. 아직까지 펜릴에 대한 의심에 대한
경계가 완전히 풀어지지 않은 상태에서 그를 유심히 지켜
보는 것도 온전히 켈리의 역할이었다.

"왜요?"

켈리가 가장 먼저 의문을 제기했다.

"마수의 영역이에요."

"우리는 항상 마수의 영역에 있었어요."

펜릴은 고개를 내저으며 나무 한곳을 가리켰다.

빳빳하게 곧은 은색 털 하나가 나무에 박혀 있다.

켈리는 그 은색 털을 유심히 쳐다보더니 감전이라도 된
것 마냥 몸을 부르르 떨었다.

"왜?"

가뜩이나 힘들어 죽겠는 데 돌아간다고 생각하니 한스
의 얼굴에서도 짜증이 묻어난다. 그 이후에 대답은 펜릴
대신 켈리가 했다.

"저 털은 이곳이 웨어울프의 영역이라는 독특한 표시
야."

"웨, 웨어울프?"

상급 마수.

어제 상대했던 놀의 우두머리보다도 강력하다.

물론, 우두머리처럼 떼로 몰려다니지는 않지만 웨어울프 한 마리가 지금 나타난다면 양떼를 공격하는 늑대와 크게 다를 것이 없다.

"그냥 가요."

켈리는 엉뚱한 대답을 내놓았다.

그러자 한스가 울상이 되었다. 힘이 드는 건 사실인데 웨어울프와 마주치고 싶은 건 아니었다.

"왜? 왜? 이보쇼. 돌아가지 않고 그냥 가면 얼마나 아낄 수 있는 거요?"

"칼루스까지 그러면 5시간 이상을 좁힐 수 있습니다."

물론, 그 거리는 웨어울프와 마주치지 않았을 때를 생각한 시간이다.

펜릴은 켈리를 바라보며 물었다.

"정말 이대로 가도 됩니까?"

"네. 슬링의 상태가 한 시라도 의사에게 보여주지 않으면 좋지 않을 것 같아요. 부어오른 정도를 봤을 때, 의식을 제대로 차리지 못하는 것도 그렇고 어쩌면 부러진 뼈들이 내장을 손상시켰을 가능성도 커요."

그러면서 켈리는 던컨을 쳐다보았다.

던컨은 신중하게 생각을 하더니 오래 지나지 않아 입을

열었다.

"웨어울프의 영역은 넓고 개체수는 적다. 혼자 그 영역을 모두 커버하는 게 쉬운 건 아니다. 켈리의 생각대로 한다."

어느정도 위험부담을 안고 가자는 얘기로 들린다. 하지만, 던컨의 말은 끝나지 않았다.

"만약 위기상황이 닥친다면 우리는 싸우기 보다는 도망가는 것을 택한다."

그 말인즉슨, 언제든지 슬링을 버리고 도망가겠다는 뜻이다.

다만, 이 말은 틀렸다.

펜릴은 웨어울프를 직접 경험해 보았다.

단순히 들은 얘기로는 보고 경험해본 사람에 비해서는 미천할 수밖에 없다.

웨어울프는 자신의 영역에 들어온 침입자를 그 누구라해도 용서하지 않는다.

게다가 그 빠르기는 도망 칠 수 있다고 도망 칠 수 있는 것들이 아니다.

"그럼, 잠시만 기다려 보세요."

웨어울프의 영역 안에 들어가려면 필요한 것들이 있다.

숲속 어딘가로 사라진 펜릴은 웨어울프의 소변이 묻은 흙과 똥을 손쉽게 구해왔다.

그리고 아무렇지도 않게 자신의 몸에 덕지덕지 발랐다.

"으, 젠장. 이런 짓 까지 해야 돼?"

한스는 그 모습을 보며 투덜거렸다.

뒤이어 켈리가 펜릴이 가져온 것으로 자신의 몸에 구석구석 발랐다.

의견을 제시한 건 켈리다. 그가 불평불만을 할 수 만은 없었다.

용병경험이 풍부한 던컨도 아무렇지 않게 그것을 해냈고 벨도 인상을 구기긴 해도 일단 하기는 했다. 펜릴은 들것은 물론, 슬링의 옷에도 발랐다.

"이제 갑시다."

◆

'정말 놀라워⋯⋯.'

켈리는 펜릴의 등 뒤만 바라보고 움직였다.

그녀가 어디서 개입할 이유가 없었다. 펜릴의 리드는 거의 완벽에 가까웠다. 숨어야 할 때는 숨고 움직여야 할 때는 움직인다. 웨어울프의 영역을 빠르게 벗어나고 몸을 씻었다.

그 뒤로도 펜릴은 적절이 시간과 간격, 그리고 체력을 조절하면서 움직였다.

벨은 수시로 그 상황을 전달하면서 호흡을 맞췄다.

이틀거리를 하루하고도 반나절만에 주파해버린 펜릴의
리드는 분명 이 근방 뛰어난 길잡이들과 다를 바가 없다고
여길 정도였다. 정상적인 움직임도 아니고 들것을 든 두
명의 체력까지 감안한다면 그 시간대는 정말이지 놀랍기
일쑤였다.

칼루스에 안전하게 도착한 펜릴과 던컨 용병단은 가까
운 의원을 찾아갔다.

"1만 실링."

의원은 슬링의 상태를 확인하고는 다짜고짜 돈 부터 요
구했다.

"1, 1만이라니요! 너무 비싸다구요."

"철부지 계집이로군. 여기는 칼루스야. 그만큼 의원도,
치료할 만한 약도 구하는 게 쉬운 곳이 아니란 말이야. 이
곳이 싫다면 딴 놈을 찾아가보든가. 그놈은 나보다 더 받
을 테니까."

슬링의 상태가 위중한 판국에 돈 때문에 의원을 찾으러
또 거리를 배회할 수는 없었다.

"지금 당장은 돈이 없어요. 치료부터 해주세요."

켈리의 말에 의원이 코웃음을 쳤다.

"이봐. 내가 그런 말에 한두 번 속는 줄 아나? 돈을 주기
전 까지는 이놈이 송장이 된다고 해도 손가락 하나 까닥일

생각 없어. 오히려 네놈들이 이곳을 차지하는 바람에 손해를 봤다고 경을 치기 전에 돈을 가져오든가 아니면 썩 여기서 꺼지든 게 하는 게 좋을 것이야."

대체 누가 1만 실링이나 되는 돈을 가지고 다니겠는가.

켈리는 야박한 칼루스의 인심에 주먹을 부르르 떨었다.

"여기 있소."

그때, 펜릴이 가슴속에서 1만 실링짜리 어음을 꺼내 건넸다.

멜프레 상단의 직인이 찍힌 어음을 받는 순간 의원은 곧바로 주머니 속으로 집어넣었다.

"좋아. 말이 통하는 젊은이로군. 일단, 이놈을 저기 눕혀. 이놈의 치료기간이 얼마냐에 따라 추가 비용이 어떻게 붙을지 모른다고."

"으으……."

켈리는 그 말을 듣고는 그대로 밖으로 나가버렸다.

"야, 기다려."

한스가 켈리의 뒤를 쫓아갔다.

던컨은 펜릴을 쳐다보더니 말했다.

"이 일은 우리에게 속한 일이니 그 돈은 우리가 갚도록 하지."

"예."

던컨은 공과 사가 확실히 구분된 사람이다.

이런 사람이라면 신뢰는 할 수 있다.

펜릴과 던컨, 벨은 한스와 켈리를 찾기 위해 일단 밖으로 나왔다. 한스는 여전히 씩씩거리는 켈리를 말리기 위해 진땀을 흘렸다.

"만약 슬링이 제대로 치료가 되지 않는다면 그 노인네의 목을 따 버릴 거야."

"진정하라고. 칼루스에서 의원들을 적으로 돌리면 어쩌자는 거야?"

"저게 의원이야? 용병도 저렇게 돈 부터 요구하지는 않는다고."

던컨은 일단 켈리의 흥분을 멈췄다.

"그만해라. 이미 지나간 일이다. 돈을 낸 펜릴에게 감사하도록 해."

"끄응."

켈리는 의원이 있는 건물을 한 번 째려보고는 펜릴을 향해 다가왔다.

"고마워요."

"아닙니다."

"슬링은 저에게 정말 중요한 사람이었어요. 돈은 물론, 반드시 이 은혜는 갚을게요. 용병은 은혜를 절대로 저버리지 않아요."

켈리의 말에 한스가 펜릴의 어깨에 자연스럽게 팔을 턱

하니 걸쳐 올렸다.

"켈리 말이 맞지. 대장! 이렇게 된 거 펜릴도 우리랑 당분간 같이 지내는 게 어떻겠수?"

던컨은 주변을 둘러보며 말했다.

칼루스는 위험하다.

이 거대한 도시의 분위기가 그렇게 얘기하고 있다.

도움까지 받았는데 펜릴이 혼자 움직이는 게 마음이 편치 않다. 더군다나 이 며칠 간 그들과의 신뢰가 쌓이고 쌓였다. 펜릴은 짐이 아니라 오히려 도움이 되는 존재다.

"그건 나한테 말해봐야 소용없다. 내가 하고 싶은 말이니까. 어떤가? 당분간 우리랑 함께 지내는 게 좋을 것 같네만."

결정은 던컨이 하지만, 지금은 아니다.

던컨은 펜릴을 쳐다보았다.

펜릴은 어렵지 않게 대답했다.

"좋습니다."

◆

"젠장, 더럽게 비싸네."

한스는 손에 작은 맥주병을 들고 연신 투덜거렸다.

"고작 이딴 작은 병 하나가 50실링이라고?"

바깥에서 300실링이면 일주일을 먹고 잘 수 있다.

그런데 맥주 병 하나가 50실링.

그것도 크기로 보자면 다른 제국 땅에 비해 반 밖에 되지 않는다.

한스는 속에 열불이라도 나는 듯 벌컥 벌컥 마셨다.

비단 그 뿐만 아니다. 다들 하나씩 들고 있는 맥주잔이 부담스럽게 느껴질 정도로 값비싼 가격에 목구멍으로 제대로 맥주가 들어가질 않았다.

허름한 여관도 숙박비가 물가 높은 제도에 비해서도 무려 2배 이상 비싸다.

"빌어먹을."

한스는 잔뜩 욕지거리를 하고 방으로 올라가버렸다.

그를 따라 같은 방을 쓰는 던컨도 사라졌고, 벨과 켈리는 펜릴에게 잠시 인사를 하고 올라갔다.

펜릴도 이만 자리에서 일어났다.

하지만, 그의 발걸음은 방으로 올라가는 계단이 아닌 여관 밖으로 향하는 문이다.

끼익-

기름칠이 덜 된 쇳소리가 이곳이 허름한 여관이라는 것을 방증하는 느낌이다.

날씨는 제법 쌀쌀한 밤이다.

펜릴은 옷가지를 조금 더 챙겨올까 생각하다가 그냥 밖

으로 나왔다. 괜히 방 안에서 자는 사람들을 깨우고 싶은 마음은 없었다.

누구나 자는 시간이고 자야 되는 시간이지만 펜릴은 아니다.

누구보다 늦게 자고 누구보다 빨리 일어나는 게 펜릴이다.

펜릴은 어둠속으로 더듬더듬 길을 찾아 한 건물 앞에 섰다.

주변을 이리저리 둘러 본 펜릴은 그 건물 안으로 성큼성큼 들어갔다.

'여긴 아니다.'

라크와 티라는 칼루스에서 한 곳에만 머물렀던 건 아니다.

펜릴은 멜프레에게 라크와 티라가 머물었던 곳의 위치를 이미 지도로 건네받았다.

펜릴은 다음 장소로 곧바로 이동했다.

라크와 티라가 머물렀다.

그게 벌써 몇 년 전이다. 그들의 흔적을 찾는 건 사막에서 바늘 찾는 것만큼이나 어려운 일이다.

펜릴은 그들이 머물렀던 방이나 혹은 지나갔던 복도 등을 유심히 살폈다. 대부분 지금은 영업하지 않는 낡은 건물들이 대부분이다.

라크와 티라는 자신을 찾아서 펜릴이 이곳을 찾아올 것이라 생각을 했을까.

아니다.

누굴 위해서 자신들이 머물렀던 흔적을 남기겠는가.

'라크와 티라는 아니다. 그런데 누군가 최근까지 이곳에 있었던 것 같은데.'

낡은 건물 치고는 지나치게 깨끗한 점이 있다. 그리고 여기 저기 발자국들이 보인다. 물론, 라크의 키나 덩치로 보았을 때 그건 라크의 것들과는 다르다.

삐걱.

펜릴은 걸음을 멈추었다.

'누군가 있다.'

낡은 바닥은 인간의 체중을 견디지 못해 소리를 낸다.

한 두 명이 아니다.

연속해서 바닥은 소리를 지른다.

'이곳으로 오는군.'

누군가 자기가 이곳으로 들어가는 것을 봤을 수도 있고, 단순히 우연일 수도 있다.

눈치만 채지 않는다면 펜릴은 조용히 이곳을 나갈 생각이었다.

방 안으로 들어오는 순간 펜릴은 다리를 걸어 찬 다음에 단숨에 등뒤에 올라타 팔을 묶었다.

"아악!"

남성의 비명치고는 제법 어린 티가 묻어난다.

펜릴은 머리를 붙잡고 귀에 속삭였다.

"혹시 날 쫓아왔나?"

"아, 아뇨. 아뇨."

그 소년의 비명에 이목이 집중되며 우당탕 하는 소리와 함께 여러 명의 아이들이 들이 닥쳤다. 펜릴은 그 아이들을 보고 인상을 잠시 찡그렸다.

"아, 아저씨 누구세요?"

한 눈에 보아도 어린아이들이다.

무기도 없고 마나연공법이나 특이한 것을 배운 흔적은 전혀 보이지 않는다.

"미안하다."

펜릴은 곧바로 자리에서 일어나 소년을 일으켜 세웠다.

소년은 아이들 쪽으로 재빠르게 이동하더니 물었다.

"뭐, 뭐예요?"

"난 이곳에 아무도 살지 않는 것이라 생각하고 왔다. 정말, 미안하구나."

"여긴 우리가 몇 년이나 살고 있다고요."

펜릴은 그럴 줄 알았다는 듯 고개를 끄덕였다.

발자국의 크기로 봤을 때 딱 이 나이대의 어린 아이들이 맞다.

펜릴은 그 아이들을 천천히 살폈다.

이곳은 칼루스다.

부모형제를 잃은 아이들끼리 모여 하루하루 먹고 사는 거다.

"왜 이곳에 있는 거냐?"

저런 아이들은 넘쳐난다.

펜릴도, 저런 아이들 중 하나였다.

우연히 영감을 만나 그에게 사냥술을 배웠고 라크를 만나 마나연공법까지 배웠다.

펜릴은 어린 시절 저 아이들 속에서 자신의 모습을 떠올렸다.

"아무도 우릴 받아 주지 않으니까요."

펜릴은 자기는 운이 좋았다는 생각이 들었다.

아무리 괴롭고 외로워도 저 아이들만 할까.

아이들 속에서 한 소녀가 물었다.

"그런데 아저씨는 왜 여기 있는 거예요?"

"누군가를 찾으러 왔다. 한 3년 정도 전에 한 부녀가 이곳에서 머물렀다는 얘기를 들었다. 하지만, 너희들과는 상관이 없는 얘기인 것 같구나."

낡은 건물.

누군가 버린 건물.

구조로 봤을 때는 이곳은 과거에 여관이었다.

그렇기 때문에 라크와 티라가 이곳에 머물렀던 거다.

지금은 그 낡은 건물에 아이들이 몰래 숨어서 살고 있는 거고.

여관이 망하고 이 아이들이 살았을 테니, 아이들과는 연관이 없어 보인다.

"3년 정도 전에요? 저희는 이곳에서 5년도 넘게 살았는데요."

"뭐?"

"5년도 넘었어요."

아이들이 거짓말을 하는 것 같지는 않다.

'멜프레가 아무래도 잘못 된 정보를 줬군.'

정보라는 건 아무래도 100% 신뢰할 수 있는 것들이 아니다.

특히나 이미 몇 년 전에 있었던 일을 정확하게 추측하는 것도 불가능한 일.

"미안했구나."

펜릴은 곧바로 그 자리를 뜨기 위해 발걸음을 돌렸다.

그때, 한 소년이 입을 열었다.

"3년 전이라면 기억나요. 라크 아저씨랑 티라 누나요?"

펜릴은 걸음을 멈추었다.

"뭐, 뭐라고?"

"기억난다고요. 비가 오는 날에 그 아저씨랑 누나가 이곳에서 며칠 간 머무르다 갔어요."

"아, 그 언니! 맞아요. 그 언니가 먹을 거 사먹으라고 돈도 주고 갔어요."

아이들 몇명이 기억난다는 듯이 소근소근 거리기 시작한다.

'단순히 비를 피하기 위해 들어왔다가 이 아이들을 본 건가?'

그렇다면 얼추 얘기가 맞는다.

"그래서? 그래서 어떻게 됐어?"

"그, 뭐라고 했지. 3년 전 일이라 저희도 기억이 잘 안나요."

펜릴은 애가 탄다는 식으로 옆으로 고개를 돌렸다.

그때 소녀가 박수를 치며 말했다.

"검은숲! 검은숲으로 간다고 했어요."

♦

펜릴은 건물을 나왔다.

'운이 좋았어.'

검은숲.

일단은 그쪽에 대한 정보를 얻을 필요가 있다.

펜릴은 아이들에게 자기가 가죽을 팔아 모았던 돈의 일

부인 2만 실링을 그대로 주고 나왔다.

아이들은 어음을 받고도 어떻게 쓸 줄 몰라서 펜릴은 신신당부를 했다. 큰돈이기 때문에 그 아이들은 그저 눈이 휘둥그레졌을 뿐이다.

좋은 정보를 얻었다는 생각에 돈은 아깝지 않았다. 어차피 티라를 찾기 위해서 모았던 돈일뿐이다.

펜릴은 여관으로 돌아왔다.

이미 해가 뜬지 오래.

방 안에 짐이 그대로 있는 것을 보니 잠시 할 일이 있어 나간 듯하다.

펜릴은 침대 하나에 누워 잠을 청했다.

'이상한 일이군.'

오늘따라 곤조가 조용하다.

'아침이라 그런가?'

밤만 되면 울어대는 통에 잠을 제대로 잘 수가 없었다.

'이제부터 아침에 잘까?'

펜릴은 고개를 내저었다.

곤조가 울기 때문에 펜릴이 오래 잠을 못 잔다.

링커에게 시간은 소중하다.

곤조의 방해가 없다면 남들처럼 일곱 시간, 여덟 시간 잠에 취해버릴 것이다.

펜릴은 세 시간이 지나기 전에 자리에서 벌떡 일어났다.

몸이 수면시간을 기억하고 있기 때문에 일어나는 게 큰 문제가 되지는 않는다.

천근만근 떠지지 않는 눈꺼풀을 억지로 뜨고 식당으로 내려갔다.

그때 한스가 손을 들어 올렸다.

"여어."

펜릴은 한스의 옆에 가서 앉았다.

그들은 그들의 할 일이 있고, 펜릴에게는 펜릴의 할 일이 있다.

그렇기 때문에 이 둘은 서로 무엇을 했냐고 물어보지 않았다.

펜릴은 조용히 앉아 식사를 시작했다.

"귀족들까지도 개입한 것 같지?"

한스의 질문에 벨이 고개를 끄덕였다.

"응. 제국의 상당수 귀족들이 참가했어. 이 근방의 용병들은 모조리 모으고 있는 것 같아."

한스는 던컨을 바라보며 물었다.

"대장은 어떻게 하는 게 좋을 것 같수? 우리도 일단 목적이 있어서 이곳에 왔으니 하루 빨리 이 비싼 동네에서 벗어나고 싶은데."

용병은 돈으로 움직인다.

이곳에 온 목적은 오로지 돈 때문이다.

불사의 초.

칼루스에서 나온 은밀한 소문.

지금은 모르는 사람이 없다지만, 모두가 불사의 초 때문에 칼루스에 모였다.

불사의 초를 찾았다!

하지만, 얻지는 못했다.

그 이유는 인간이 들어갈 수 없었던 곳이기 때문이다.

불사의 초만 찾는다면 억만장자가 될 수 있다.

제국의 황제까지도 눈에 불을 켜고 있는 전설속의 초.

"우리도 목적은 불사의 초다. 하지만, 그게 거기 있을지 혹은 거기 없을 지는 가봐야 알 수 있다는 얘기다. 너희들도 알다시피 그곳은 우리들끼리만 움직일 수 있는 곳은 아니다. 적어도 귀족들과 함께 움직이는 것처럼 안전한 방법도 없지. 의뢰금도 통상 받던 의뢰에 무려 3배다. 불사의 초를 얻지 못한다 하더라도 엄청난 돈이야."

"빌어먹을. 의뢰금이 그렇게 높다는 건 단순히 이곳 물가 때문만은 아닌 것 같은데."

한스가 포크로 고기를 잘근 잘근 씹었다.

의뢰금이 높다. 이건 위험성이 그 만큼 높다는 얘기다.

항상 죽음과 삶의 경계에 살고 있는 용병들이라면 특히나 민감한 문제다.

"이민족이 길잡이로 나설 것이다. 그곳은 이민족들이

성지로 부른다고 들었다. 그렇기 때문에 이민족의 동행 없이는 들어갈 수 없다."

펜릴은 그 얘기를 잠자코 듣고 있다가 물었다.

"그곳이 어디입니까?"

이 얘기와는 상관없을 것 같았던 펜릴의 질문에 던컨이 대답했다.

"검은숲."

◆

"검은숲은 이민족들의 성지이며 또 사지라고도 부르지."

벨이 빵을 입에 물고 물었다.

"왜요?"

"실제로 마수의 발생지가 그곳이었기 때문이다. 이민족들은 철저하게 그곳을 폐쇄하고 성지로 여기며 출입을 금했다. 그래서 지금껏 제국인들 사이에서도 알려진 것들이 없었다."

이민족들은 참으로 알 수 없는 문화를 가지고 있다.

뼛속까지 제국인들은 물론, 펜릴까지도 이해 못할 문화들이다.

하지만 그 문화를 이해하지 못했다면 링커들도 없었다.

"실제 그곳 성지를 지키는 몇몇 이민족들이 있다. 그들이 길잡이가 되어줄 것이다."

유례가 없는 일이다.

제국과 이민족이 손을 잡다니.

하지만, 결국 이민족들도 한낱 인간에 지나지 않는다.

이민족들과만 섞여 있다가 제국의 휘황찬란한 문화를 겪는다면 달라질 수도 있는 것이 인간.

"그곳에 대한 정보는 전무한 상황이다. 오로지 이민족 길잡이만 믿고 갈 수밖에 없는 처지지. 그래서 이번만큼은 내 결정이 아니라 용병단의 결정에 따라 움직일 생각이다."

펜릴은 머리를 긁적였다.

불사의 초에 대한 루머는 귀족들이나 황제가 퍼뜨렸을 가능성이 크다. 아무래도 돈으로 용병들이나 혹은 경험이 풍부한 모험가들을 모집하여 손실을 최소화하려는 속셈.

정보가 취약하다.

그것이 펜릴의 결정을 망설이게 만든다.

'라크와 티라는 검은숲으로 향했을까?'

그들이 그곳에 있는지, 혹은 갔다 왔는지 그건 아무도 모른다.

멜프레의 정보에 의하면 당분간 이곳에 머물던 그들은 분명히 제국땅으로 다시 움직였다.

"에, 그러니까 뭐요. 대장은 우리가 그 귀족놈의 딱가리가 되어 따라갈 거냐, 아니면 이대로 뒤꽁무니를 빼고 돌아갈 꺼냐 이걸 묻는 거 아뇨?"

한스의 말에 켈리가 웃음을 터트렸다.

"멍청하긴. 언제부터 용병이 귀족놈의 딱가리였냐. 돈의 딱가리였지."

벨이 고개를 크게 끄덕였다.

"그게 그거지 뭐……."

쾅!

던컨이 테이블을 손바닥으로 내리쳤다.

"이건 목숨이 걸린 일이다. 용병에게 가장 중요한 건 돈이 아니라, 내 목숨을 언제 내놓을 지 결정할 자유다. 돈이 아무리 좋다고 한 들 목숨보다 가치가 있는 건 아니다."

벨은 자신의 턱을 쓰다듬더니 조용히 입을 열었다.

"사실 이번 일은 이번에 성공할 수 있느냐 없느냐보다도 다음에 다시 도전할 수 있느냐 없느냐가 중요한 것 같아요."

한스는 코를 후비며 물었다.

"뭔 소리냐?"

"귀족들이 어떤 수단을 강구해서 그곳의 길잡이들을 포섭했어. 다음에 이민족들이 다시 이런 실수를 할까? 그곳은 성지야. 길잡이들을 제외하고는 출입도 엄격히 금지되지. 만약 이번 도전에 실패해서 아무도 살아 돌아오지 못한다면 영영 우리는 불사의 초가 그곳에 있는 지 없는 지 알 수 없게 돼."

"그렇지."

한스가 크게 공감했다.

벨이 잠시 숨을 쉬고 다시 입을 열었다.

"만약 성공한다면? 그럼 그곳에 대한 정보가 살아 나온 자들에 의해 퍼져 나겠지. 불사의 초가 있었다는 둥, 없었다는 둥 결과물을 가지고 나올 거야. 머리가 좋은 모험가들은 그곳에 대한 지도를 만들어 판매하기 시작할 테고. 소문의 불사의 초가 정말로 있다면 앞서간 자들, 혹은 앞으로 그곳을 갈 사람들에 의해 대륙 전체에 퍼져 나가겠지."

맞는 얘기다.

불사의 초가 퍼져 나간다.

누구나 원하는 사람이 있어 돈만 있다면 죽지 않는 몸을 가지게 된다.

"칼루스도 결국은 제국 땅. 이곳에 위치한 검은 숲도 결국은 제국의 땅. 제국이 과연 그 사태를 지켜보고만 있을까. 그리고 모두를 만족시킬 만한 불사의 초가 대량으로 그곳에 있을까."

제국은 제어를 하기 시작할 것이다.

그리고 통제가 된다.

대륙에 혼란이 오는 것을 막기 위해서다.

성공을 하든, 실패를 하든 결국은 기회는 한 번밖에 없을 지도 모른다.

던컨은 벨의 머리를 쓰다듬으며 말했다.

"맞다. 그곳에 불사의 초가 있는 지, 혹은 얼마만큼의 수량이 존재하는 지, 살아 돌아올 수 있을 지 모든 것이 미지수다. 모두가 만족할 만한 수량이 있다면 귀족들은 실제로 용병들에게 가져가는 것을 허락하도록 했다. 내 그래서 다수결로 결정하고 싶다."

던컨 용병단 사이에서 기묘한 눈치가 시작되었다.

제일 먼저 손을 든 건 한스였다.

"난 갑니다, 가요. 실패해도 의뢰금을 받고 성공하면 불사의 초까지 얻을 수 있으니 내가 죽지만 않으면 문제 없단 소리 아니요? 내가 죽을 권리는 내가 결정하니까 그딴 곳에서 내가 죽을 리는 없지."

켈리는 작게 손을 들어 올렸다.

"난 반대. 위험부담이 너무 커. 아무런 정보도 없이 들어간다는 건 내가 어떤 역할도 할 수가 없어. 만약 이 다음에도 기회가 있다면 충분히 정보를 얻을 수 있을 테니 가겠다고 결정하겠지만 지금은 아냐."

한스가 아니꼬운 시선으로 켈리를 바라보았다.

"너 바보 아니냐? 벨이 이다음에 기회가 없을 지도 모른다잖아."

"너 죽고 나면 관은 내가 짜줄게. 시체를 제대로 찾을 지는 모르겠지만."

"뭐야?"

둘의 투닥거리는 소리에 벨이 입을 열었다.

"저도 반대. 아쉽지만 켈리 누나 말이 맞아. 죽으면 말짱 꽝이에요. 게다가 귀족들이 용병을 어떻게 부리는 지 다 알잖아. 필요할 때는 아쉬운 소리하고, 정작 필요 없어지면 버린다는 거. 무서운 건 검은숲의 어떤 마수가 사느냐 또 얼마나 위험하느냐 어떤 곳이냐 이런 정보보다도 귀족들일 지도 몰라."

"끄응."

한스는 팔짱을 끼고 엉덩이를 의자에서 앞으로 쭈욱 뺐다.

그러면서 자연스럽게 던컨에게 말을 건다.

"그래서 대장은 어찌할 생각이유?"

"으음."

던컨은 눈을 감고 곰곰이 생각을 했다.

"한스의 말도 맞고 켈리의 말도 맞고 벨의 말도 맞다. 그 누구의 말도 정답이라고 할 수는 없다. 정보가 취약하다는 점, 그리고 예상외로 복병은 마수들이 아닌 귀족들일 수도 있다는 점."

한스는 던컨의 대답을 재촉했다.

"그래서 어떻다는 거요?"

"목숨이 경각에 달린 일이기 때문에 우리 모두를 가자라고는 말 할 수 없지만 내 개인적인 생각으로는 찬성이다."

그 결정에 누구보다도 놀란 건 한스가 아닌 켈리나 벨이다.

항상 안정적으로 용병단을 꾸려왔던 던컨의 대답이 놀라웠던 거다.

"우리는 어느 정도 위험을 감수하고 이곳에 왔다. 이미이 정도의 일은 충분히 예상했던 일이다. 이렇게 2대 2동률이 되었군."

던컨이 단순히 용병단이 한쪽으로 치우쳐지는 것을 막기 위해 한 행동이었다는 걸 벨과 켈리는 그때야 깨달았다.

펜릴은 조용히 포크를 내려놓으며 입을 열었다.

"전 갑니다."

순식간에 이목이 펜릴에게 향한다.

"당분간은 여러분과 함께 지내게 되었으니 제 입장을 말하고 싶었습니다."

던컨이 조심스레 물었다.

"우리와 같이 가길 바라는 겐가?"

펜릴이 고개를 절래절래 내저었다.

"아뇨. 저 또한 찾는 것이 있어서 이곳에 왔습니다. 물론, 전 용병단이 아니기 때문에 그 투표결과에 영향을 미치지는 않습니다만 결과가 어떻든 간에 저는 갈 생각입니다."

벨은 눈을 동그랗게 뜨고 펜릴에게 물었다.

"왜 가시는 거예요?"

"링커니까."

그 밖에 이유가 없다.

모든 링커들이 눈에 불을 켜고 찾는 불사의 초.

"안타깝지만 자네 혼자 가는 건 불가능하네. 링커들이 그룹이 끼는 걸 원하지 않아서 외인으로는 검증된 용병단이나 혹은 길드의 추천장이 없이는 불가능해."

안면식도 없는 펜릴이 추천장을 받을 수는 없다.

"그럼 간단하네! 펜릴이 우리 용병단에 들어오면 돼!"

한스의 말에 켈리가 반대를 표명했다.

"그건 안 돼. 펜릴이 들어오면 투표 결과에 영향을 끼치니까. 게다가 펜릴은 링커야. 그렇기 때문에 우리랑은 입장 자체가 달라."

"그건 켈리 말이 맞다."

한스는 자기편을 들어 주던 던컨이 돌아서자 괜히 입을

삐쭉 내밀고 툴툴 거렸다.

잠자코 있던 벨이 입을 열었다.

"굳이 용병길드일 필요는 없지 않아요?"

"응?"

"이번 그룹에는 용병뿐만 아니라 모험가들이나 이민족 길잡이들도 포함되고 사실 여러 길드의 사람들이 오고 갈 거예요. 게다가 며칠이나 그곳에 있어야 할 지 아무도 모르죠. 우리가 그곳에서 생존하려면 최소한 필요한 것들이 있을 거예요."

한스가 귀를 후볐다.

"당최 무슨 소린지……."

벨은 펜릴을 향해 물었다.

"멜프레 상단의 표식, 아직 가지고 있죠?"

◆

"출발은 일주일 후야. 그 전까지 이곳으로 오면 되네. 멜프레 상단주님께서는 자네에게 적극적인 지원을 아끼지 말라 하셨으니 자리 하나 만드는 건 어렵지 않은 일이야."

"상단주님께 감사하다고 전해주십시오."

"그렇게 하지."

칼루스의 길드 지부장이 고개를 크게 끄덕였다.

이러저리 도움을 많이 받는 처지니 펜릴은 고맙다고밖에 생각을 못했다.

펜릴이 길드를 빠져 나오자 기다리고 있던 벨이 물었다.

"어떻게 됐어요?"

"정확히는 어떤 신분으로 갈 지는 모르겠지만 일단 허락은 받았어."

"역시."

벨은 양손을 불끈 쥐었다.

발 빠른 상단에서 이번 일을 놓칠 이유가 없었다.

위험부담이 크긴 하지만 성공만 한다면 큰 이문을 남길 수 있고 귀족들이나 혹은 황제까지 관여한 이 일에 친분을 두텁게 만들 수 있다.

던컨 용병단이 어떤 결정을 내릴 지는 장담할 수 없다. 하지만, 벨이 이렇게 돕는 걸 보니 펜릴은 고마운 생각이 들었다.

"다른 사람들은?"

여관을 다 같이 나오긴 했는데, 길드를 갔다 오니 전부 뿔뿔이 흩어졌다.

"한스형은 여관으로 되돌아갔고 켈리 누나는 대장과 함께 정보 길드로 갔어요."

"정보 길드?"

"현지의 정보 길드만큼 검은숲에 대한 정보를 알고 있

는 곳은 그리 많지 않을 테니까요."

동의는 하지 않았는데 적극적으로 움직인다.

'켈리도 생각이 없는 건 아니로군.'

확신이 없는 거다.

살아남을 수 있다는 걸.

정보는 통제 되어있다. 양지에서 얻지 못한다면 정보 길
드와 같이 음지에서 얻어야 한다.

비싸고 확실하지 않다는 이유로 외면 받을 때도 있지만
지푸라기라도 잡고 싶은 켈리의 심정을 생각할 때 정보 길
드는 나쁜 선택이 아니다.

'좋은 용병단이다..'

똑똑한 벨과 중심을 잡아주는 던컨.

최대한 팀원의 의견에 존중할 줄 아는 켈리.

"돌아가자."

"예."

홀로 앉아 괜히 값비싼 술이나 기웃 거릴 한스를 생각해
펜릴은 발걸음을 서둘렀다.

◆

"가자."

어김없이 여관의 식당에서 술을 마시고 있던 한스는 눈

을 동그랗게 떴다.

"뭐?"

"가자고. 검은숲."

"왜?"

한스는 의심의 눈초리로 켈리를 쳐다보았다.

"혹시나 하고 찾아봤는데 우리뿐만 아니라 검은숲으로 향했던 사람들이 있었어. 귀족들은 아니고 링커들이야. 그렇기 때문에 세간에는 그렇게 알려진 것도 아니었고 이민족들이 동행을 했던 것도 아냐."

"그런데?"

켈리는 종이 몇 장을 꺼내 맥주를 옆으로 치우고 테이블 위에 올려놓았다.

"전부는 아니지만 그들 중 일부는 갔다가 다시 나왔어. 성공했는지에 대한 여부는 몰라. 하지만, 나에게 가장 중요한 건 그들이 일단은 길잡이들이 없어도 살아남았다는 얘기야."

한스는 종이들을 옆으로 치웠다.

"나 까막눈이야. 알기 듣게 설명해."

"최소한 인간이 생존할 수 있다는 얘기야. 그들이 링커였기 때문에 생존력에서 만큼은 발군이겠지만, 우리는 이민족의 길잡이가 있어. 주어진 조건은 다르지만 인원도 우리가 훨씬 많고 귀족들의 기사들이 대거 참가하기 때문에 지금이 적어도 그때 보다 더 좋다고 말할 수 있어."

한스는 그 얘기를 듣고 어색하게 웃었다.

"하핫, 일단 가자는 얘기지?"

켈리는 조용히 한숨을 내쉬었다.

"그래. 가자고."

"좋아! 그렇다면 준비해야겠군."

던컨은 조용히 켈리의 어깨에 손을 올려놓았다.

켈리는 한스와 오랜 친구다. 친구를 실망시키지 않기 위해 스스로를 납득시킬 수 있는 이유를 만들어왔다.

"대장도 동의한 조건이지만, 일단 목숨이 위험해진다고 생각하면 계약을 파기해서라도 돌아 올거야."

"알겠어."

계약 파기는 상당한 위약금이 든다. 특히나 의뢰 중간에 파기한다는 건 어느 정도 굴욕적인 세간의 비난을 받아도 마땅히 할 말이 없는 일이다.

하지만 그 무엇도 목숨보다 우선시 될 수는 없었다.

그건 이 용병단의 철칙이기도 하다.

펜릴은 켈리가 가져온 종이들을 천천히 읽어 보았다.

그 어디에서도 라크나 티라에 대한 내용은 없었다.

3년 전이 아닌 그것보다 더 오래된 내용들이 즐비한 문서들이었다.

'없어, 여기도 없어.'

펜릴은 문서를 끝까지 읽고 테이블 위에 덮어놨다.

'정보가 부족한 건 이들뿐만 아니라, 나도 마찬가지다.'

마음만 앞서서 티라와 라크를 찾을 순 없다.

이 순간에도 펜릴의 시간은 계속해서 줄고 있다.

'검은숲에 가면 그들에 대한 흔적을 찾을 수 있을까?'

이미 몇 년 전이나 흐른 일이다.

그들이 검은숲으로 간다고 했지 정확히 갔다 왔는지에 대해서는 아무것도 알 수 있는 게 없다.

펜릴은 머리를 쥐어뜯었다.

결국 이러나저러나 답은 하나다.

직접 검은숲으로 들어가 보는 것.

정말 검은숲에서 불사의 초를 찾는다면 기쁜 일이다. 더 이상 펜릴은 시간의 구애를 받지 않을 테니까.

켈리는 펜릴의 갑작스런 행동에 말을 걸어왔다.

"괜찮아요?"

"네. 피곤해서 그런지 이만 들어가서 쉴게요."

링커도 결국 인간이다.

적은 시간을 효율적으로 사용하는 방법에 대해 깨달아도 인간이란 존재는 결국 충분한 휴식과 숙면을 취해야 한다.

'완전히 링커가 되지는 못했군.'

라크는 달랐다. 조금 더, 펜릴보다 링커다웠다.

적은 시간에 툴툴거리거나 약한 소리를 한 적이 없다.

그건 영감도 마찬가지다.

펜릴은 매일 같이 하던 마나연공법도 하지 않고 침대 위에 쓰러져 그대로 잠에 빠졌다.

괴상한 꿈을 꾸었다.

곤조로 보이는 괴상한 마수가 펜릴에게 계속 말을 걸었다.

펜릴은 마체테를 꺼내려 허리춤을 뒤적였다.

그런데, 없다. 활도 없고 화살도 없었다.

곤조는 펜릴에게 달려 들었다.

펜릴은 곤조의 목을 졸랐다.

기다란 목을 가진 곤조는 비명을 질렀다.

그리고 얼마 안가 곤조가 죽었다.

더 이상 심장이 뛰지 않는 곤조의 가슴을 열고 억지로 심장을 꺼냈다.

펜릴은 한 마리의 마수처럼 게걸스럽게 그 심장을 먹었다.

어떤 맛도 느껴지지 않는다.

이건 꿈이었다. 그런데, 펜릴은 마치 그래야 한다는 듯이 누군가의 조종을 받고 움직였다.

의사와는 상관이 없었다.

곤조가 죽자 작은 공간이 조금 더 커졌다.

그 순간 펜릴은 의식에서 깨어났다.

식은땀이 줄줄 흐른다.

"······."

바깥을 보니 이미 해가 졌다.

그런데 여전히 곤조란 녀석은 조용해졌다.

항상 밤만 되면 꾀엑, 꾀엑 소리를 질렀다. 그렇게 펜릴의 잠을 방해했다.

그런데 어찌 된 녀석이 굉장히 조용하다. 아침에도 그게 이상했는데 밤까지 이러니 하루 종일 신경이 쓰일 수밖에 없다.

'설마······.'

머릿속으로 번쩍하는 생각이 든다.

링커의 재능!

'미리 각인된 마수가 매일 밤 너를 괴롭힐 것이다. 그 소리를 듣는다면 재능이 없다는 증거다.'

더 이상 곤조의 소리가 들리지 않는다.

'어째서 지금······.'

펜릴은 재능이란 처음부터 결정된다고 여겼다.

그래서 링커가 되었을 때 곤조의 소리를 듣고 적잖이 실망했던 것도 사실이다.

얼마나 재능이 없으면 잠식 범위가 여타 다른 하체들에 비해 굉장히 작은 곤조에서 막혔을까라는 생각에서였다.

"핫, 하하……."

펜릴은 기뻐해야 할 지 말아야 할 지 갈피를 잡지 못했다.

하지만, 그날.

펜릴은 자신에게 두 번째 각성의 재능이 열렸다는 걸 깨달았다.

몬스터 링크

monster link

두번째 재능

두번째 재능
monster link

"안녕하십니까, 헌터(Hunter)님."

어딘가 낯설지 않은 이름이다.

펜릴은 안내자가 건네주는 가면을 받고 지하로 들어갔다.

로도스에서 있었던 경매장과 다르지 않다. 오히려 너무 똑같은 모습에 펜릴 스스로가 깜짝 놀랐다.

이곳도 다른 도시도 아닌 칼루스이기 때문에 경매장을 찾는 게 어려울 거라 생각하진 않았다. 다만, 그 경매장이 로도스에서 만났던 그 경매장과 연동된다는 사실을 몰랐을 뿐.

"경매에 참여하시겠습니까, 물품을 내놓으시겠습니까."

펜릴은 오늘만큼은 몸이 가볍다.

"참여하겠습니다."

"그러시군요. 이쪽으로."

안내자는 길을 요리조리 움직이며 복잡한 길을 안내한다.

모르는 사람이라면 안내자의 길을 외우지 못하고 미아가 될 것만 같았다.

"경매가 끝나고 입구에서 대기하고 있는 안내자들에게 얘기한다면 편하게 안내해드리겠습니다."

"예."

"그럼, 즐거운 시간 되십시오."

안내자는 어딘가로 사라진다.

펜릴이 뒤를 바라보자 가면을 쓰고 있는 사람들이 죄다 경매에 참여하기 위해 기다리고 있다.

펜릴은 아래가 잘 보이는 적당한 자리를 골라 앉았다.

나중에 들은 얘기지만 경매장도 좋은 좌석과 좋지 않은 좌석이 나눠져 있다. 상품이 잘 보이고 사회자의 얘기가 잘 들리는 가운데 자리가 가장 좋다. 아무래도 계단식으로 이루어져 있기 때문에 맨 위는 너무 보이지 않거나 맨 앞에는 상품의 앞면 말고는 보이는 게 없다.

경매의 시작은 자리 선정부터다.

"지금부터 오늘 5회차 경매를 시작하겠습니다. 처음에

보여드릴 물건은……."

사회자가 물건을 공개하자 작게 손을 들며 액수를 부른다.

그밖에 여러 가지 물건들이 계속해서 나왔다.

경매를 지켜보는 것만으로도 충분히 흥미로운 시간이다.

펜릴은 물건들을 보면서 어떤 움직임도 보이지 않았다.

시간은 흥미롭지만 물건은 그의 이목을 끌어당기는 게 없었기 때문이다.

역시 이곳이 칼루스답게 마수의 전리품들이 많이 나왔다.

'이곳의 대부분이 링커들이로군.'

옷깃 사이사이로 보이는 각인의 문신이 보인다.

하급 마수부터 상급 마수까지.

경매의 마지막은 항상 엄청난 가격으로 시작하는 최상급 마수가 장식한다.

지금까지 가만히 있던 사람들이 너도나도 손을 들며 금액을 올린다. 인간이 각인할 수 있는 최고단계. 펜릴은 그 모습을 보다 조용히 경매장을 나섰다.

"마음에 드는 물건이 없으셨습니까?"

"내일 다시 오겠습니다."

"그러시죠."

안내자들은 펜릴이 왔던 곳으로 다시 데려다주었다.

경매장은 아침이 되면 폐쇄되고 또 밤이 되면 열릴 거다.

펜릴에게 최상급 마수는 필요하지 않다. 오로지 강해지는 것만을 목적으로 두면 결국 마수에게 잡아먹힌다.

걷지도 못하는 사람이 뛰기부터 할 수는 없다.

발목에는 고작 하급 마수인 곤조의 전리품이 각인되있다.

단번에 최상급으로 뛰는 건 몸의 부담이 크다.

부담이 크다는 얘기는 잠식이 빨리 진행된다는 얘기다.

결국 자신에게 어떤 마수가 제일 잘 맞는지, 혹은 어울리는지를 생각할 필요가 있다.

펜릴은 남들과 다르게 양팔이 아닌 발목에 처음 각인을 맺었다. 남들보다 약할지는 모르겠으나 확실한 건 잠식속도가 진행되는 게 느껴지지 않을 정도로 느리다는 거다. 몸에 큰 부담도 없고 밤마다 떠들어대는 곤조의 목소리도 자장가 수준으로 들릴 만큼 작다.

'내 몸은 곤조를 온전히 하나의 마수로 인정을 했을까?'

잠식 범위가 작다.

펜릴은 고개를 내저었다.

당장 라크만 보더라도 허벅지에 각인을 맺었기 때문에 허벅지 밑으로 발끝까지 오로지 각성이 되는 모습이었다.

그건 온전한 하나의 각인이 맞다. 하지만, 발목은 부위가 워낙 작기 때문에 온전한 하나는 아니다.

곤조의 발목이 인기를 끌었던 이유는 하나의 재능을 가지고 있는 사람들도 발목에 각인을 할 수가 있었다. 물론, 그거에 따른 엄청난 피해를 보긴 하지만 결국은 가능하다는 얘기다.

재능이 없으면 강제로 각인을 하고 싶어도 각인이 되지 않는다.

주술의 악마가 허락하지 않기 때문이다.

펜릴은 곤조의 발목 하나만으로 자신의 재능이 끝인 줄 알았으나, 몸은 각인 된 곤조를 이겨냈다. 그리고 또 다른 각인을 원하고 있다.

이번에 하나 깨달은 게 있다면 재능은 한 번에 열리는 것이 아니라 어느 순간 천천히 찾아온다는 점이다.

'잠식 범위가 작고 큰 효율을 얻을 수 있는 것을 얻어야 한다.'

그것이 펜릴이 경매장에서 거들떠도 안 봤던 이유다.

펜릴은 이번에 하체를 제외하고 상체 어딘가에 각성을 할 수 있는 마수를 찾아다니고 있었다.

라크처럼 목에다 할 수도 있고 또 가슴도 괜찮다. 생존에 도움만 된다면 어떤 곳이든 가능성을 열어두고 있는 거다.

펜릴은 신중하게 움직였다.

일단 각인을 하게 되면 각인의 범위를 넓힐 수는 있으나 좁힐 수는 없게 된다.

허벅지에 각인을 한 라크는 발목에 하는 곤조의 각인을 맺을 수 없다는 얘기다.

반대로 발목에 한 펜릴은 허벅지에다 할 수 있다. 다만, 그렇게 되면 기존에 있던 곤조의 능력은 사라진다.

생각보다 인간이 각인을 할 수 있는 부위가 많지는 않다.

눈과 코, 손처럼 몸에서 떨어져 나간 독립된 개체여야 한다.

펜릴은 여관에 들어가기 전에 흑요석과 각인의 시약을 구매했다.

펜릴은 그 뒤 마음이 굉장히 여유로워졌다.

매일 밤마다 우는 곤조의 울음소리가 들리지 않았기 때문이다. 3시간을 자도 숙면을 취한 것 처럼 편안했다.

아침이면 던컨 용병단과 같이 식사를 하고 꾸준히 마나 연공법을 한다. 던컨 용병단도 검은숲으로 떠나기 전 까지는 개인 정비의 시간이다.

펜릴은 밤만 되면 경매장을 들락날락 거렸다.

아직까지 그의 마음에 드는 마수의 전리품이 나오지 않았다.

여전히 상급, 최상급 마수의 전리품들은 높은 가격에 거래되었다.

"헌터님, 따로 찾으시는 물건이 있으십니까?"

펜릴이 경매장에 온 후 단 한 번도 입찰경쟁을 하지 않자 안내자들이 다가와 귓속말을 했다.

"따로 찾는 건 없습니다만, 만족할 만한 게 없군요."

"마수의 전리품입니까?"

펜릴이 고개를 끄덕였다.

"그렇다면 경매장을 이용하지 말고 상인들을 이용하여 직거래를 하시는 게 어떻겠습니까?"

"방법이 있습니까?"

"안내해 드리지요."

펜릴은 경매에 방해되지 않게 조용히 나갔다.

그리고 안내원을 따라 경매장 밖으로 향했다.

"경매장에 출입하지 못하는 상인들이나 마수사냥꾼들이 있습니다. 아시다시피 저희는 신뢰가 보장되거나 누구의 추천이 없으면 경매장의 회원이 되실 수 없습니다. 때문에 밖에서 전리품들을 거래하는 곳이 있습니다."

멜프레의 추천을 받았던 펜릴은 고개를 끄덕였다.

"그럼, 즐거운 시간 되십시오."

안내자는 펜릴의 가면을 수거해갔다.

펜릴은 답답했던 시야에서 벗어나자 한 눈에 확 들어오

는 광경에 주변을 두리번거렸다.

시장이다. 그것도 상당한 규모의.

칼루스에 이런 곳이 있었나 싶다.

로도스랑 분위기가 크게 다르지는 않은 것 같다.

낮에 봤던 상점들은 죄다 문을 닫고, 그 위치에 또 다른
상점이 들어와 있는 것뿐이다. 다만, 그곳에서는 마수의
전리품을 구하기 위해서는 경매장을 이용해야 했는데, 이
곳은 아무 곳에나 널브러져 있다는 거다.

여기저기 링커들이 기웃거린다.

펜릴도 그 인파에 껴서 주위를 돌았다.

경매장처럼 자세한 설명은 없다. 그저 물어보면 쉽게 대
답해줄 뿐이다.

죄다 마수사냥꾼들이기 때문에 이들도 링커들이 대부분
이다.

아무래도 상급 마수 이상은 구하기 쉽지 않다.

그 정도 이상이면 경매장에서 분명히 접촉할 거다.

'차라리 이곳이 낫군.'

딱딱한 분위기의 경매장은 모두 값비싼 물건들뿐이지
만, 이곳은 천차만별이다. 가격이 골고루 형성되어 있다.
일부는 경매장에서 봤던 것 보다 싼 것들도 있다.

펜릴이 팔 하나를 들자 상인이 눈을 빛냈다.

"제대로 골랐군."

"뭡니까, 이건?"

"그렘린의 팔! 스치기만 해도 마비독이 오지."

그렘린은 하급 중에서도 하급, 최하급으로 취급한다.

워낙 돈이 안 돼 형편없는 수준이다.

펜릴을 그저 그런 호구로 보고 있는 거다.

말이 마비지, 중급 정도만 되도 독이 제대로 통하지 않는다.

물론 인간을 상대로는 훌륭한 도구가 될 수 있지만 그것이 기사들처럼 마나연공법을 알고 있는 자들에게는 쓸모가 없다.

펜릴은 곧바로 흥미를 잃고 내려놨다. 그도 마수사냥꾼이었지만 마수들의 가죽이나 이빨, 눈알, 힘줄 등을 팔아치웠다.

마수들 중에서도 단순히 힘만 쎈 마수들은 그다지 링커들에게 사랑받지 못한다. 무언가 그 마수의 특별한 힘을 지니고 있어야 한다.

'아무리 하급부터 시작한다고 해도 그렘린의 팔은 안 돼.'

게다가 팔 전체를 각인하게 되면 잠식 범위가 빨라진다. 그건 펜릴에게 좋은 생각이 아니다.

곤조의 발목처럼 무언가 특별한 능력을 가지고 있으면서도 잠식 범위가 작아야 한다.

한 마디로 효율이다.

펜릴은 또 다시 길쭉하게 뻗은 검을 들었다.

"이건요?"

"블랙 맨티스의 손톱! 그거 굉장히 귀한 거야."

블랙 맨티스는 사마귀같이 생긴 마수다.

맨티스같은 사마귀형 마수들은 색깔로 그 힘을 구별하는데, 검은색인 블랙 맨티스는 사마귀들 중에서도 가장 강하다. 펜릴도 그린이나 브라운 맨티스는 자주 봤지만 블랙은 단 한 번도 본 적이 없다. 하지만, 그래봤자 하급의 범주에서 벗어나지 못한 마수일 뿐이다. 가죽이나 이빨 같은 전리품이 형편없어서 다른 사람들이 잘 찾지도 않는다. 워낙 보기 힘들어 귀한 것은 맞지만, 인기도 없다.

"각인 위치는요?"

"손목부터 손등. 각성한다고 해도 손등까지 변하기 때문에 손을 사용하는 불편함은 없지. 그게 이 세상 어떤 철로 만든 검 보다도 예리해."

펜릴은 지체 없이 허리춤에서 마체테를 꺼냈다.

"뭐, 뭐하는 거야?"

상인이 갑자기 당황한다. 그도 말로만 그런 얘기를 했지 실제로 실험해 본 경험은 없는 것 같다.

펜릴은 들은 체도 안하고 맨티스의 손톱을 향해 있는 힘껏 내리쳤다.

까앙-!

마체테가 두 동강이 나서 땅에 박힌다. 손톱에 흠집이 생기지만 곧바로 복구가 된다.

"하핫, 봤지? 그러니까 왜 사람 말을 안 믿어?"

"얼마에요?"

"2만 실링만 내."

펜릴은 품에서 2만실링짜리 어음을 꺼냈다.

"신용 있는 길드의 어음이니까 내일 아침 당장 찾아갈 수 있을 겁니다."

"흐흐, 좋아."

하급 마수의 손을 비싸게 해치웠다.

상인으로썬 웃음이 절로 나온다.

'좋아.'

펜릴도 나쁘지 않은 거래였다.

브라운이나 그린 맨티스들은 워낙 허약했기 때문에 마체테에 견디지 못했다. 다만, 특이한 점은 손톱이 부러져도 계속 생성을 해냈다는 거다. 블랙 맨티스가 예상하지 못한 강도를 지니고 있다. 펜릴에겐 이 보다 좋은 건 없다.

검 보다 뛰어난 무기이고, 부러져도 재생된다. 잠식 범위도 월등히 적고 손을 사용하는 것에도 큰 불편은 없다.

펜릴은 여관으로 들어가기 전, 한적한 숲으로 이동했다.

여관에서 각인의 주술을 진행시켜 모두를 놀래 키고 싶

은 마음은 없었다.

손등에 문신을 새기고 마체테로 블랙 맨티스의 손톱 귀퉁이를 잘라 그 밑에 고인 피를 쏟아낸다. 손등을 조금씩 베어내 피를 흘리게 하고 흑요석에 묻힌다.

인간과 마수의 피인데 기분 좋게 조화를 이룬다.

펜릴은 그 피를 꿀꺽 꿀꺽 삼켰다.

눈앞이 흐릿해지면서 작은 창을 들고 있는 악마가 나타났다.

낄낄낄-

기분 나쁜 악마의 웃음소리가 들린다.

이 전 처럼 정신을 잃거나 하지는 않는다.

펜릴은 그 악마가 나타날 것을 기다렸다는 듯이 마주 보고 웃었다.

케케케-

온 몸에서 열기가 나온다. 하지만, 이전과 다른 열기다. 이미 수명의 절반을 바쳤다. 이건 그저 두 번째 마수와의 계약일 뿐이다.

"후우!"

주술의 악마는 열기를 흡수하더니 사라졌다.

손에서 이전에는 느낄 수 없는 이질적인 느낌이 난다.

마치 살아있는 생물이 손등을 조금씩 조금씩 기어 움직이는 듯 한 느낌이다.

펜릴은 그러거나 말거나 블랙 맨티스의 손톱을 각성 시켰다.

챙!

손등위로 쭈욱 뻗어 날카로운 검신이 나타난다.

두 번째 각인은 별 감흥은 없었다.

펜릴은 여러 번 휘둘러보고는 다시 집어넣었다.

이제는 그저 이 각인에 적응할 뿐이다.

펜릴은 모든 일을 마치고 아무 일도 없다는 듯 여관으로 복귀했다.

◆

"또 나가요?"

"미안."

부스럭거리는 소리에 눈을 깬 벨이 펜릴을 쳐다본다. 아직 해가 뜨지도 않았는데 펜릴은 누구보다도 부지런히 움직인다.

벨과 펜릴은 여관방을 같이 사용한다. 홀로 사용하는 건 여자인 켈리뿐이다.

"언제 와요?"

"저녁쯤."

펜릴은 추운 새벽 날씨에 옷깃을 여미고 한적한 숲으로

향했다.

무기라는 건 누가, 어떻게 사용하느냐에 따라 천차만별
이다.

어린 아이에게 어떤 보검을 쥐어 주더라도 결국은 장난
감에 지나지 않는다.

펜릴은 그런 의미에서 검은숲에 가기 전 까지 최근에 각
인시킨 블랙 맨티스의 손톱을 몸에 적용시켜야 했다. 처음
각성시켰던 곤조의 발목도 적응하는 데만 한 달이 넘게 소
요되었다.

한 번 경험이 있는 펜릴은 그 정도 까지는 아니더라도
블랙 맨티스의 손톱에 대해 실험을 해볼 필요가 있었다.

곤조의 발목과 같이 각성을 시켜서 잠식의 속도를 측정
해보기도 하고 마나를 끌어다가 같이 사용해보기도 했다.

또 손톱의 강도에 대해서도 여러 실험을 해본다.

바위는 마치 무가 잘리듯 쉽게 베이고, 강철까지도 힘만
준다면 찌르고 베는 것도 문제가 없다. 마나를 불어 넣은
기사들의 검을 연상시킬 정도로 강력한 무기다.

손상이 가면 곧바로 복구가 되고, 설사 부러진다 한 들
몇 시간이 지나면 다시 생성된다.

펜릴은 각성시킨 채로 활도 사용해보았다.

각성시키지 않은 손에 비하면 불편함은 있지만 활을 사
용하는 데 크게 무리가 가진 않는다.

편의상 블랙 멘티스의 손톱이라고 부르기는 하지만, 엄밀히 말하면 손톱과는 거리가 멀었다. 이건 인간의 손톱부위에서 각성시키는 것이 아니다. 블랙 멘티스는 인간처럼 손이 있는 마수가 아니다. 오로지 양쪽에 손대신 손톱을 보유하고 있을 뿐이다.

'나쁘지 않다. 아니, 오히려 나에게 최고의 효율이다.'

마체테를 굳이 들고 다닐 필요가 없어진다. 물론, 그만큼 각성의 횟수가 늘어날 테니 마체테는 들고 다닐 테지만 남들이 모르는 또 하나의 무기를 숨기고 있는 거다.

게다가 마체테를 양손에 쥐면 마치 남들이 보기에 4개의 무기를 쥐고 있는 것처럼 보인다.

'2개를 각성시키고 있다고 해도 범위가 워낙 작기 때문에 몸은 온전한 2개로 받아들이지는 않을 거다.'

여전히 잠식의 속도는 느리다. 곤조는 처음 각인했을 때와 크게 다르지 않다. 이번에 각인 시킨 블랙 맨티스도 마찬가지다.

게다가 마나연공법은 펜릴의 몸을 안전하게 보호시킨다.

이 정도만 지킨다면 펜릴도 라크처럼 급격하게 노화가 진행되거나 처음에 바친 수명의 절반 말고는 더 이상의 수명의 손실이 없을 수도 있다. 오히려 마나연공법의 영향으로 충분히 다른 사람들과 비슷한 시간대를 살 수도 있다.

'어디까지나 각성을 최소화하는 게 옳다. 목숨이 경각에 달한 것이 아니라면 사용하는 것은 철저하게 막아야 한다.'

펜릴은 신이 정한 인간의 굴레를 벗어난 자들의 최후를 이미 여러 번 목격했다.

잠식을 이겨내지 못하고 자살한 영감도, 머리끝까지 잠식이 진행되어 이미 인간의 이성을 잃은 에티오도, 매일밤 찾아오는 잠식의 고통속에서 한 순간에 노화가 진행된 라크도.

더 이상 그들은 인간이라고 부를 수도 없었다.

펜릴은 오한이 들었다.

'그렇게 되는 것만은 막아야 한다. 그러기 위해서는 목숨이 경각에 달한 일이 아니라면 각성만큼은 하지 않는다.'

펜릴은 생각을 정리하고 숲을 벗어났다.

이미 그가 있던 자리는 더 이상 숲이라고 부르기도 민망할 정도로 쑥대밭이 된 뒤였다.

◆

펜릴은 칼루스라는 도시 자체를 완벽히 외웠다.

제국이 이민족의 땅에 세운 첫 번째 도시.

거리를 거닐던 펜릴은 가죽 옷들을 취급하는 상점에 들어갔다.

"어서옵셔."

칼루스답게 눈이 휘둥그레질 정도로 옷값이 비싸다.

하지만, 펜릴은 옷을 보기 위해 온 것이 아니다.

손등에 새겨진 각인의 문신을 가리기 위해 질 좋은 장갑을 구매하러 왔다.

어떤 링커들은 자신의 힘을 과시하기 위해 문신의 위치를 일부러 노출시키곤 하는 데 그건 미친 짓이다. 라크처럼 3개 이상의 마수를 각인시키고 있다면 상관없다. 그것만으로도 이미 자신은 절대자라는 것을 이미 증명하고 있기 때문이다.

하지만, 굳이 그런 것이 아니라면 자신의 힘을 노출 시킬 필요는 없다. 더군다나 펜릴은 이제 하급 마수 둘을 각인시킨 애송이에 지나지 않다. 게다가 그 두 가지의 마수도 온전한 두 가지라고 볼 수는 없다.

펜릴은 하나를 각인시킨 링커를 상대로는 어느정도 이길 자신은 있지만, 만약 상대가 두 개 이상의 문신을 보인다면 정신없이 꽁무니를 뺄 것이다.

펜릴은 적당한 크기의 장갑을 골랐다.

워낙 이 근처가 마수들이 많기 때문에 죄다 비싼 값을 하는 것들 마수의 가죽으로 만들었다고 보면 된다.

펜릴은 마수사냥꾼.

가죽의 색이나 냄새만 맡아도 어떤 마수인지 정확하게 집어낼 정도로 정확하다.

펜릴이 고른 장갑은 갈색으로 놀의 가죽을 염색한 거다. 일단 질기기도 하고 웬만한 장갑보다 손상도 없다. 게다가 가격 면에서도 놀은 흔하기 때문에 충분히 만족스럽다.

펜릴은 값을 지불하고 상점을 나와 장갑을 착용했다. 그리고 해가 지자 여관으로 되돌아와 던컨 용병단과 저녁을 함께 했다.

소속은 달랐지만 같이 지내고 있다는 것만으로도 한스는 펜릴과 좋은 친구가 되었다. 방을 같이 사용하는 벨도 그랬고 켈리도 궁금한 것이 있으면 적극적으로 펜릴에게 물었다.

링커들이 우후죽순처럼 늘어나긴 했지만 그들의 여전한 관심사는 링커들이었다. 인간의 굴레를 벗어났다고 해도 사고방식도 결국 생김새도 그리고 살아왔던 삶도 결국은 인간에 지나지 않다는 것에 그들도 거부감이 없었다.

그런 소소한 이야기가 끝나면 검은숲에 대한 이야기가 진행된다.

한스는 가끔 졸다가 켈리가 허벅지를 꼬집고 나서야 벌떡 일어나곤 했다.

정말 보기 좋은 한 쌍이다.

"북방이 아무리 넓다고 해도 대륙의 크기를 가늠했을 때, 검은숲의 크기는 그렇게 넓지 않아요. 이 대륙에서 가장 큰 나라는 결국은 제국. 아무리 길어봤자 여정이 한 달을 넘어가진 않을 거예요."

켈리는 조심스레 자신의 예상을 말했다.

한스는 그 얘기를 듣더니 접시에 코를 박고 정신없이 음식을 퍼먹었다. 앞으로 한 달, 맛없는 음식을 먹을 생각하니 한스가 아쉬움을 달래는 거다.

그 행동에 벨도 조용히 포크질을 빨리했다.

펜릴은 자신의 돈으로 몇 가지 음식을 더 시켰다.

그 모습을 보고 눈이 휘둥그레진 켈리가 물었다.

"다 먹을 수 있어요?"

"포장할 겁니다."

한스가 그 모습에 박장대소를 터트린다.

"무슨 소리요? 펜릴. 아무리 이곳 음식이 맛있다고 해도 검은숲까지 그 음식을 포장할 순 없다고. 하하하."

"제가 먹을 거 아닙니다. 줄 사람 있어요."

"여자?"

한스의 질문에 펜릴은 입을 꾹 다문다.

"뭐야, 벌써 이곳에서 여자를 만난 거요? 어디? 어디? 나도 따라가 볼까."

옆에서 켈리가 옆구리를 포크로 쿡쿡 찌르자 한스가 비

명을 지르고 입을 다문다.

포장한 음식들이 나오자 펜릴은 그것들을 들고 자리에서 일어났다.

"잠시 나갔다 올게요."

"네."

펜릴이 워낙 여관에 없으니 그들도 그러려니 한다.

여관을 나와 행선지는 라크와 티라에 대한 제보를 했던 아이들이 사는 건물이다.

2만 실링이나 주고 나왔지만, 사실 그 아이들에게 굉장히 큰돈이다. 제대로 돈을 사용하는 법도 모른다. 펜릴은 그 아이들의 미래가 그리고 현재에 대한 두려움. 이것을 정확히 알고 있다.

펜릴은 아이들을 찾아가는 게 세번째다.

이전에도 이미 한 번 더 갔다 왔다.

펜릴은 주변을 살피고 건물 안으로 들어갔다.

'이상한 냄새.'

안으로 들어가자마자 익숙한 냄새가 풍긴다.

펜릴은 걸음을 빨리했다.

'마수다, 마수의 냄새다.'

이상하다. 이곳은 아이들이 사는 건물이다. 그런데 마수의 냄새라니.

아무리 칼루스가 링커들 밖에 없는 곳이라 하여도 이렇

게 까지 진동하진 않는다.

'아무도 없다.'

펜릴은 주변을 둘러보았다.

건물 안이 굉장히 고요하다.

펜릴은 사냥꾼이다. 흔적을 찾는 건 어렵지 않다. 바닥에 납짝 엎드려 아이들의 발자국을 찾고 방 안에 남긴 온기들만 느껴도 흔적이 된다.

펜릴은 옷장이나 침대 밑을 뒤지다가 작은 나무문을 발견했다.

끼익.

"아악!"

그 문을 열자 아이들이 비명을 지른다. 그러다가 펜릴의 얼굴을 보자 한숨을 내쉰다.

"아, 아저씨."

"뭐야, 왜 여기 있어?"

펜릴은 저절로 아이들의 머릿수를 세었다.

익숙한 얼굴 하나가 보이지 않는다.

처음에 펜릴에게 제압당한 채 바닥에 패대기쳤던 소년, 칸이 이 자리에 없다.

"칸은?"

"모, 모르겠어요. 어떤 아저씨가 와서 칸을 억지로 끌고 갔어요."

"왜?"

죽이지 않고 끌고 갔다.

이유가 있다는 거다.

"자, 잘은 모르겠지만 아저씨랑 똑같은 걸 물어봤어요. 그러더니 칸을 끌고 갔어요. 칸이 시간을 벌어줘서 우리가 숨은 거예요."

"똑같은 걸 물어봤다고?"

펜릴이 아이들에게 물어본 건 별 게 없다.

그 순간 벼락이라도 맞은 것 마냥 몸을 떨었다.

'누군가를 찾으러 왔다. 한 3년 정도 전에 한 부녀가 이곳에서 머물렀다는 얘기를 들었다.'

며칠 전, 펜릴이 이곳에 라크와 티라의 흔적을 찾아 처음 왔을 때 아이들에게 물어봤었다.

"라크, 티라……."

펜릴은 이를 악물며 뒤를 돌아보았다.

◆

"잠시만 이곳에 있어."

"네."

애들은 순수하다.

하지만, 부모로 부터 버려지거나 어쩔 수 없이 준비되지 않은 상태에서 세상에 나오게 되면 영악해진다.

버려진 이 아이들도 마찬가지다. 칼루스라는 이 위험한 동네에서 살아남기 위해서 누구보다도 빠르게 지하로 숨었다. 특히나 이 건물에 누군가 들어오면 죄다 이곳으로 집결한다. 낯선 사람을 경계하기 때문이다.

"혹시 그 사람이 너희들을 봤어?"

애들은 고개를 좌우로 돌린다.

"아뇨. 모를 거예요. 누군가 들어오면 저희는 발자국소리도 죽이거든요. 칸도 이곳으로 오다가 중간에 잡혔어요. 워낙 소리가 컸기 때문에 대화 소리가 들린 것뿐이에요."

"알았어."

펜릴은 가져온 음식들을 아이들에게 주고 문을 다시 닫았다.

그때, 한 아이가 손을 내밀어 펜릴에게 물었다.

"그냥 갈 거 아니죠?"

펜릴은 무겁게 고개를 끄덕였다.

아이는 안심 한다는 듯 문을 스스로 닫았다.

펜릴도 이대로 떠날 생각은 추호도 없다. 누군가 라크와 티라에 대한 행방을 찾고 있다. 그런 판국에 한가하게 여관에 가서 잠이나 잘 때가 아니다.

펜릴은 벽에 바짝 붙어 창문을 살폈다.

'아이들 말을 못 믿는 건 아니지만, 상대방이 마나연공법을 알 정도의 실력자라면 아무리 멀어도 다른 아이들의 호흡이나 발자국 소리를 듣는 건 일도 아니야. 칸에게서 들었을 수도 있고.'

가장 먼저 이곳을 살피기에 가장 좋은 건물들의 지붕이나 혹은 잘 보이지 않는 반대편 건물들의 창문을 유심히 살핀다.

'칸이 어떤 얘기를 했는지 몰라. 만약 나에 대한 얘기를 꺼냈다면? 내가 그들을 찾고 있고 또 이곳에 찾아온다는 얘길 했다면? 어쩌면 이곳에 감시가 있을 가능성은 크다.'

펜릴은 양손으로 마체테를 뽑고 발목은 곤조를 각성시킨다.

방금 전 까지도 각성을 최소화하여 잠식 속도를 줄이겠다고 마음먹었지만 지금은 아니다. 기습을 당한다면 각성을 시키기도 전에 상대방의 포위망을 벗어나지 못하고 죽는다.

다행인건 상대방이 만약 펜릴에 대한 존재를 알고 있다하더라도 링커라는 건 모른다. 예상했다고 해도 곤조를 각인시켰을 거라곤 생각도 못했을 거다.

'너무 넓어서 모르겠다.'

이 근처에서 이 건물을 감시할 수 있는 곳은 너무나도 많다.

펜릴이 마나를 사용해서 감각을 극대화시켜도 모두 잡아내는 건 무리다. 애초부터 그는 그 정도로 뛰어난 마나를 가지고 있지도 않다.

펜릴은 아예 바깥으로 나갔다. 그리고 이 근처를 샅샅이 뒤졌다. 바닥에 바짝 엎드려서 사람이 있었던 흔적들을 이 잡듯이 뒤졌다.

이곳은 길거리다. 사람의 왕래가 잦지는 않아도 없다고는 말 못한다. 아무리 뛰어난 사냥꾼들이라 하여도 흔적을 찾는 건 무리다.

'집에 왔었던 흔적으로 보아서는 남자 보폭이고, 혼자였다. 몸무게는 80kg정도 될까. 발 크기를 봐서는 키가 작을 확률이 크다.'

펜릴은 마침내 결론을 냈다.

이 근처에는 당장 아무도 없다.

그 자가 칸을 어디로 데려갔는지는 정확하게 알 수 없다.

하지만, 그 자가 만약 자신의 흔적을 지우러 다시 온다거나 이곳에서 기다리다가 펜릴이 들어가는 것을 보고 동료들을 데리러 갔을 경우를 생각한다면 빨리 이곳을 벗어나는 것이 옳다.

'보폭이 일정한 건 아니다. 자기가 굳이 연기한 것이 아니라면 남자는 마나연공법을 모르거나 수준이 대단치는

못해. 하지만, 라크나 티라에 대한 행방을 묻는 걸 보면 링커다!'

링커일 경우 동료들도 링커일 가능성은 생각할 필요도 없다.

한 명 정도라면 손쉽게 이길 자신 있지만 두 명은 무리다.

혹은 두 개 이상의 각인을 맺은 링커라면 반항도 제대로 못해보고 당할 거다.

끼익.

집으로 되돌아가 지하문을 연다.

"나와."

"칸은요?"

"그건 지금 중요한 게 아냐. 문제는 지금 너희들이지."

"죽었어요?"

기껏 음식 포장을 해왔는 데 손도 안댔다.

펜릴이 고개를 내저었다.

"아니, 그건 몰라. 죽일 목적이었다면 그 자리에서 했을 거야. 이유가 있으니 데려갔겠지."

아이들 얼굴이 활짝 핀다.

그러다가 쭈뼛거리며 밖으로 나왔다.

"집밖으로는 아직 나가지 말고 창문으로 누가 오나 좀 살펴줘."

"네."

펜릴은 일단 지하로 들어가 아이들이 머물렀던 흔적을 지웠다. 그리고 위에서 부터 아래 출구까지 사람이 머물었던 모든 흔적을 지웠다.

남겨둔 건 칸과, 그를 납치해간 남자 사이에 실랑이가 있었던 그거뿐이다. 그거까지 지워버리면 누군가 의도적으로 흔적을 지웠다는 걸 알게 된다.

'어차피 칸이 이 아이들이나 나에 대해 얘기한다면 모를 리가 없겠지만.'

얘기하지 않길 바라지만, 칸이 어떻게 됐을지 모르겠다.

펜릴은 일단 건물 밖으로 나가 번화가에 있는 가장 큰 여관을 찾았다. 아이들 숫자가 많다보니 이목을 끌긴 했지만 그게 오히려 다행이다. 사람이 많으면 칸 때처럼 납치해가는 건 상상도 못할 일이다.

저녁에 아이들이 우르르 들어오자 여관 주인이 화들짝 놀라 묻는다.

"왠 아이들이유?"

"제일 넓은 방이나 하나 주세요."

"이불이 모자랄 텐데."

"여유가 있으면 좀 가져다주시고요."

여관 주인은 이런 저런 이유로 돈을 더 받았다.

펜릴은 손에 잡히는 데로 돈을 지불하고 방문을 열었다.

"당분간 이곳에서 지내. 밖에 나가지 말고. 화장실을 갈 때도 혼자 가지마. 무조건 둘, 셋씩 움직여."

아이들이 정신없이 고개를 끄덕인다.

역시 영악한 아이들이다. 이유를 설명해주지 않아도 알아서 행동할 거다.

펜릴은 곧바로 여관을 나섰다.

칼루스의 위치는 전부 알고 있다. 길 찾는 건 일도 아니다.

펜릴은 라크와 티라가 칼루스내에서 머물렀다는 숙소들을 죄다 찾아갔다.

이곳들은 전부 멜프레가 가르쳐준 곳이다. 그는 상인이니 뛰어난 정보력을 가지고 있다. 하지만, 굳이 마음만 먹는다면 누구나 알 수 있는 정보이기도 하다.

펜릴은 집에서 마주쳤던 흔적들과 그 장소들에서 발견된 흔적들을 대조했다. 그리고 그 남자의 흔적이 일치하면 그곳을 떠나 다른 곳을 찾았다.

'여긴 왔다간 흔적이 없다.'

흔적이 없으면 반드시 이곳을 찾아올 가능성이 크다.

펜릴은 건물 속으로 숨어들었다. 그리고 숨을 죽였다.

주변과 동화라도 된 것 마냥 손가락 하나 까닥이지 않았다.

마수사냥꾼이다.

은폐하는 건 일도 아니다.

처음 중급 마수를 사냥할 때는 긴장감에 몸이 굳어서 몇 시간을 움직이지 않은 적도 있다. 사냥감이 이곳에 아무도 없다는 확신을 주어야 한다.

날이 밝았다.

펜릴은 꿈쩍도 하지 않았다. 숨도 흐트러트리지 않았다.

동쪽의 해가 북쪽으로 올라가 서쪽으로 기울었다. 하늘이 붉게 물들었다.

목석(木石).

그 자체였다.

펜릴의 눈앞으로 거미 한 마리가 줄을 타고 내려왔다. 그리고 코에 내려앉았다. 그러거나 말거나 펜릴은 관심도 없다는 듯 눈을 깜빡이는 거 말고는 어떤 행동도 하지 않았다. 흥미를 잃은 거미는 밑으로 내려가 적당한 자리를 골라 거미줄을 쳤다. 공교롭게도 하필이면 그 공간이 문이었다.

끼이익.

그때, 낯선 음이 들린다.

펜릴은 방 안의 온기 때문에 조절하던 호흡도 완벽하게 차단시켰다.

구석구석 집 안으로 돌아다니는 소리가 들린다.

그러다 발걸음 소리가 점점 커진다. 이건 펜릴이 숨어있는 방 안으로 들어온다는 얘기다.

'숫자는 하나인가? 동료가 밖에 있나?'

마나를 완전히 차단시켰기 때문에 동료가 있는 지 없는 지는 알 수가 없다.

'죽이면 안 된다. 조용히, 조용히 제압시킨다.'

끽.

남자가 방 문 앞에서 갑자기 걸음을 멈춘다.

"뭐야, 이거?"

거미줄 때문이다.

남자는 손수 거미줄을 옆으로 다 제거하고 방 안으로 들어왔다. 그 순간 위에 있던 펜릴이 낙하하며 남자의 목을 찍어 눌렀다.

"커헉!"

콰앙!

제법 큰 소리가 난다.

펜릴은 등 뒤에서 양손을 완벽히 제압하고 오른발로 상대방의 한쪽 발을 그대로 찍어 눌렀다.

움직이고 싶어도 못 움직인다.

주머니에서 잘 사려놓은 밧줄을 꺼내 양쪽팔목을 묶는다.

"누, 누구요!"

펜릴은 다시 한 번 손으로 남자의 목을 쳤다.

"조용히 해. 다시 한 번 허락 없이 입을 열면 네 입을 찢
어버리겠다."

남자가 고개를 살며시 끄덕였다.

이제야 상황파악이 좀 된 모양이다.

"이제부터 차근차근 대답을 잘해야 할 거다. 조금이라
도 눈알 굴리는 소리가 들린다면⋯⋯."

펜릴은 더 이상 말을 하지 않았다. 그냥 마체테를 하나
꺼내 눈앞에 보여줄 뿐이다.

"아, 알겠소."

"첫 번째 질문이다. 여기 온 목적은?"

"누, 누군가를 조금 만나러 왔소. 나, 난 당신이 그 사람
인 줄 알았소."

"누구? 누구를 만나러 왔다는 거지?"

"라크, 라크라는 남자요."

◆

"뭐, 뭐하는 거요!"

펜릴은 마체테로 남자의 상체를 완전히 벗겼다.

"링커로군."

양쪽 팔뚝에 새겨진 각인의 문신이 선명하다.

"그, 그렇소만."

펜릴은 상체뿐만 아니라 하체까지도 완전히 벗겼다.

남자는 수치심에 얼굴이 벌게졌지만, 펜릴은 아랑곳하지 않았다. 바지 주머니에서는 익숙한 길드의 어음들이 바닥으로 흩날렸다.

"자, 잠깐."

그 돈 때문인지 남자가 울상을 짓는다.

"그자를 만나 이 돈으로 뭘 하려고 했지?"

"그, 그거야 당연한거 아니오? 불사의 비밀과 가장 근접한 남자이니 이 정도는 돼야 아무래도 비밀을 엿들을 수 있을 테니 말이오."

그 비밀을 캐내겠다, 이 얘기다.

이 돈으로.

"큭."

절로 웃음이 나온다.

'그자가 진짜 라크라면 그렇겠지.'

라크의 생존여부도 파악되지 않는 이때에 갑자기 나타난 라크.

뻔할 뻔자다.

'사기꾼.'

펜릴의 밑에서 파닥거리는 남자는 라크라는 이름에 속은 멍청한 놈에 불과하다.

"이곳에서 만나자고 했으니 곧 나타나겠지?"

"그렇소."

"그럼, 여기서 기다려라."

"어, 어차피 나가고 싶어도……."

펜릴은 찢어 놓은 옷으로 그의 입을 틀어막았다. 그리고 밧줄로 다리까지 묶어서 방구석에 밀어 넣었다. 어찌어찌 밧줄을 링커의 힘으로 풀어낸다고 해도 옷이 없어 밖에 나가지도 못할 처지다.

링커라고는 해도 심성이 나쁜 자는 아니다. 사람 말을 곧이곧대로 믿는 걸 보니 사기도 많이 당할 상이다.

그 남자의 말대로 조금 기다리자 덩치가 조금 있는 남자가 나타났다.

'제법이군.'

링커들 사이에서 제법 라크의 모습은 알려진 편이다.

날씨가 어떻든 간에 양쪽 팔과 그리고 다리를 훤히 드러내는 옷에 목에 새겨진 각인의 문신까지.

문신의 모양은 그럴듯하지만 저기서 진짜 마수가 든 각인은 몇 개나 될까 싶다.

'하나? 아니면 둘?'

어차피 하나다.

두 개 이상의 각인을 가진 링커라면 이런 졸부 같은 짓을 하지는 않을 거다.

"당신이 토르요?"

방 안에 있던 남자의 이름이 토르였나 보다.

펜릴은 조심스레 고개를 끄덕였다.

"예, 토르라고 합니다."

남자가 집 안으로 들어온다. 그가 들어오며 먼지가 가득했던 집 안으로 발자국이 찍힌다.

'이놈, 맞군.'

몸만 봐서는 추측일 뿐이다.

정확히 어떤 발자국을 가지고 있는 지가 가장 중요하다.

지금 칼루스는 제국이 벌이고 있는 불사의 초 찾기에 혈안이 되 있다. 특히나 링커들이라면 말할 것도 없다.

라크라는 이름으로 그럴듯하게 속여 거짓 정보를 팔아먹고 사라질 속셈이다.

'그래서 칸을 데려 갔나? 어느 정도 정보에 구색을 맞출 필요가 있어서?'

라크에 대한 정보를 찾던 중, 라크를 아는 아이가 나타났다.

그 아이가 불사의 초와 관련된 어떤 정보를 알고 있을지도 모른다는 생각에 납치.

참 불쌍한 아이들이다.

다른 도시도 아니고 칼루스에서 버려져 집도 아닌 그런 곳에서 살아남는다는 게.

"돈은 준비 했소?"

"뭐, 이리저리 섭섭지는 않게 준비했습니다."

펜릴은 품 안에서 어음들을 꺼냈다.

남자는 고개를 살며시 끄덕였다.

"일단 좋소. 나랑 같이 갈 데가 있소."

남자는 집 안에 있는 게 불쾌했는지 일단 나오는 걸 강요한다. 펜릴은 그 남자의 등만 보고 저벅저벅 걷기 시작했다.

"어디 가는 겁니까?"

"저런 칙칙한 곳에서 거래하고 싶은 생각은 추호도 없소. 우리 본거지로 같이 가면서 얘기하는 게 좋을 것 같소."

"헌데, 당신이 정말 라크 맞습니까?"

남자가 고개를 홱 돌리더니 펜릴을 쳐다보았다.

"못 믿는 거요? 당신도 소문을 들어 봤으면 알 텐데. 이 문신들을."

그런 문신들은 애들도 그릴 줄 안다.

펜릴은 헛기침을 하며 고개를 돌렸다.

"어험, 미안합니다. 내가 좀 의심이 많아서."

"본인은 인정사정없는 사람이오. 한 번 더 의심한다면 당신이 고객이라 하여도 용서하지 않을 거요."

"핫하, 명심하겠습니다."

6개월간 라크랑 같이 있었다.

그가 어떤 소문이 나있는 지는 정확히 모르겠지만 화를 내는 사람은 아니었다.

3개의 각인.

그 정도 되는 사람이라면 자신의 감정 정도는 컨트롤하는 게 손쉽다.

앞에 걷고 있는 이 남자는 마나연공법도 모른다.

아마, 토르라는 남자도 모르겠지.

알 수 있는 방법은 간단하다.

펜릴이 마나를 뿜어대도 그게 마나인지 아닌지 혹은 뿜어대고 있는 지 그 여부조차도 모른다.

마나의 효율과 능력은 무궁무진해서 예를 들면 지금 이 근처에 펜릴을 노리고 있는 2명의 사람이 어디에 숨어있는 지, 혹은 어디를 노려보고 있는 지 까지 마치 하늘에서 보는 것 마냥 정확하게 알 수 있다. 만약 저 자가 펜릴처럼 마나연공법을 알았다면 이런 조잡한 수작은 통하지 않는다는 걸 알고 미리 알았을 거다.

펜릴은 손을 밑으로 내리며 마체테를 만지작거렸다.

"뭐하나 물어봐도 됩니까?"

펜릴이 먼저 말을 건다.

"본인의 기분을 상하게 하는 것만 아니라면."

"어제 한 남자 아이가 사라졌습니다. 칼루스 남쪽 지구에 해당하는 구역이었는데, 그곳에 살고 있던 아이들이 증

언하더군요. 어떤 남자가 데려갔다고."

남자가 걸음을 멈춘다.

"갑자기 그 얘기는 왜 꺼내는 거요."

"라크는 허벅지에 각인이 있습니다. 목에는 조금 더 위지요. 팔은 조금 더 아래입니다. 다른 것은 보지 못했지만, 라크의 허벅지는 랩터라는 최상급 마수가 각인되어있습니다. 당신, 라크가 맞습니까?"

"음……."

남자는 팔을 추욱 늘어뜨렸다.

갑자기 팔이 변색하더니 길이가 쭈욱 늘어난다.

나중에는 인간의 몸 보다도 훨씬 클 정도로 팔이 늘어났다.

인간의 흔적이었던 손은 사라지고 그 자리에는 이빨 달린 뱀의 머리가 달려 있다.

쉬이익-

뱀은 혓바닥을 움직이며 펜릴을 노려본다.

펜릴은 처음 보는 마수다. 저렇게 살아서 움직이는 각성도 있다는 걸 처음 알았다.

"돈만 뺏고 말려고 했는데, 짜증나게 만드는 군."

늘어뜨린 길이만 봐도 3미터가 넘는다.

펜릴도 조용히 신고 있던 신발을 벗었다.

어차피 이들의 고객은 링커들이다. 펜릴이 링커였다는

사실은 그들에게 큰 느낌은 없다. 오히려 이들이 얼마나 강한 지 펜릴은 잘 알지 못한다. 링커들을 상대했기 때문에 오히려 경험도 많고 3명이 몰려다니기 때문에 제압하는 건 손쉬운 일이었을 거다.

"나와!"

남자가 손가락을 까닥이자 지붕 위에서 이 상황을 지켜보던 남자 둘이 바닥으로 뚝 떨어졌다.

이미 그 둘의 손에도 무언가 특별한 마수들이 보이기 시작했다.

'도망갈까?'

곤조의 발목이다. 저들은 다리 각성이 없으니 펜릴이 마음먹고 도망간다면 절대 쫓아오지 못한다. 그런데, 그러면 칸의 생사여부나 위치를 알 수가 없게 된다.

두근두근!

가슴이 떨려 온다.

펜릴은 심장을 진정시켰다.

'어차피 한 번은 부딪힐 일이었다.'

같은 링커들끼리의 싸움.

에티오를 만났을 때는 웨어울프랑 맞부딪혔기 때문에 펜릴이 손쉽게 제거할 수 있었지만 지금은 아무도 없다.

"큭큭큭! 곤조의 발목이로군. 이거 정말 잘 됐어. 돈이나 몇 푼 뜯어 먹고 말려고 했는데 설마 곤조의 발목까지

가지고 있을 줄이야."

곤조의 발목은 워낙 큰돈이 된다.

그들의 눈은 어느새 탐욕스럽게 변했다.

펜릴은 장갑을 벗었다. 그리고 팔을 가볍게 내려놨다.

키에에엑-

괴상한 블랙 맨티스의 울음소리가 들린다.

펜릴은 사용하기 쉽게 팔을 걷어 올렸다.

펜릴의 손등에서 거대한 칼자루 하나가 쭉 뻗어 나왔다.

"뭐, 뭐야?"

그들이 당황하던 말던 펜릴은 신경도 쓰지 않았다.

오히려 이대로 겁먹고 있는 건 싫다.

마나를 끌어다 전신에 돌리며 감각을 극대화 시켰다.

적당한 긴장감, 그리고 아드레날린이 분출된다.

펜릴은 누가 먼저랄 것도 없이 곤조의 발목 힘으로 단숨
에 그들이 있는 곳으로 달렸다.

양떼 속에 들어간 늑대처럼.

◆

"죽여라."

영감의 말에 펜릴이 마체테에 손을 올렸다. 하지만, 그
자세에서 더 이상 움직이지 못하고 영감을 쳐다본다.

"꼭 죽여야 하나요?"

"이 숲에 들어온 이상 너도, 혹은 너에게 죽은 동물도 사냥꾼이 될 수도 혹은 사냥감이 될 수도 있다. 여지를 남기지 마라. 이 녀석들은 아주 약삭빠른 놈들이다."

"그렇군요."

펜릴은 영감의 말을 듣고 숨을 거칠게 몰아쉬는 멧돼지의 심장을 찔렀다.

"잘했다. 이게 바로 사냥꾼의 모습이다. 죽일 때는 철저하게 죽여라. 다친 동물의 앞에서 등을 보이는 것은 나 스스로를 죽여 달라는 얘기나 다를 게 없다. 죽이기 전 까진 등을 보여선 안 된다."

"네."

"오늘부로 사냥은 네가 전담하도록 해라."

펜릴의 도약은 단 한 번에 남자들의 지척에 다다랐다.

키에에엑-

양쪽 팔에 뱀이 매달린 남자의 손이 펜릴의 양쪽을 파고든다.

'여지를 남기지 마라.'

펜릴은 손을 휘둘렀다.

"끄아악!"

남자가 비명을 내지르며 뒤로 주춤주춤 물러났다.

블랙 맨티스의 손톱은 남자의 양쪽 팔을 두부 자르듯 베어버렸다. 땅에 떨어진 뱀의 머리는 팔짝팔짝 뛰기 시작했다. 베인 팔에서는 피가 분수처럼 쏟아졌다.

마수를 잃은 저 남자는 이미 전투력을 상실했다. 물론, 전투력을 상실했다고 가만히 내버려두는 건 아니다.

'다친 동물의 앞에서 등을 보이지 마라.'

팔이 없다고 아무 것도 못할 거라고 생각하면 안 된다.

상대방은 동물보다도 마수보다도 약삭빠른 인간이라는 점을 상기해야 한다.

펜릴은 그대로 오른손으로 그 남자의 목을 찔렀다.

"컥, 커컥!"

남자는 더 이상 말을 잊지 못한 채 뒤로 넘어졌다.

'여기서는 내가 사냥꾼이다.'

펜릴은 곧바로 다음 목표를 향해 눈을 돌렸다.

"비, 빌어먹을!"

남은 두 남자가 겁에 질렸다.

저건 전형적인 사냥감의 모습이다.

링커라고 해도 겁에 질린 사냥감은 멧돼지만도 못하다.

멧돼지가 무서운 것은 자기가 다치는 것도 잊은 채로 맹렬하게 돌진하는 진취적인 모습 때문이다. 그게 장점이자 단점이기도 하지만, 처음 마주 했을 때의 그 두려움은 이루 말할 것도 없었다.

'지금은⋯⋯.'

두려움은 없다.

아드레날린의 분출이 묘한 흥분을 만들어 낸다.

피를 봐서가 아니다.

링커와 링커간의 목숨 걸린 싸움 때문이다.

취에에엑-

블랙 맨티스도, 곤조도 울어댄다.

그들의 울음소리가 이렇게 기분 좋게 들리는 건 또 처음
이다.

'빨리 끝내자.'

이들의 좋은 웃음소리는 펜릴에겐 최악이다.

각성 시간을 늘려서 좋을 건 없다.

빨리 끝내고, 이곳을 떠나야겠다.

곤조는 남자들에게 바짝 다가갔다.

펜릴은 가장 거추장스러운 그들의 각성 마수부터 떼어
내기 위해 거침없이 팔을 휘둘렀다.

마체테를 휘두르고 있을 때와는 다르다. 마체테는 무게
가 느껴지고 힘을 강하게 주어야 하기 때문에 아무래도 속
도도 느리다. 하지만, 지금은 그냥 온전한 자신의 팔을 휘
두르는 거다. 속도가 다르다.

펜릴이 한 발자국 다가가자 그들은 뒤로 두 발자국 물러
났다.

하지만, 펜릴의 한 발자국은 그들의 열 걸음보다도 더욱 길다!

"크아악!"

한 남자의 팔에서 또 다시 피가 분수처럼 쏟아졌다.

땅에 떨어진 팔이 팔딱팔딱 뛰었다.

어떤 몬스터인지, 어떤 마수인지는 그다지 중요하지 않다.

블랙 맨티스의 손톱에 걸리면 무조건 베인다는 거다.

'이들은 초짜다.'

그저 그런 사기꾼들.

그저 자신의 각성된 힘만을 믿고 세상 물정 모르고 덤비는 그런 놈들.

펜릴은 그 남자도 베어 버렸다.

이제 한 명 남았다.

"제, 제발……."

뭐 때문에 벌벌 떠는 건지 모르겠다.

그 남자는 각성된 마수도 결국 집어넣고 손이 발이 되도록 빌었다. 펜릴도 각성된 마수들을 죄다 집어넣고 마체테를 꺼내 들었다.

"가자."

"예?"

"네들 본거지로."

칸은 거기 있다.

♦

본거지는 제법 컸다.

남자가 마체테로 위협 받으며 건물 안에 입장하자, 한가롭게 앉아 있던 남자들이 벌떡 일어났다.

"뭐야?"

"어제 납치해온 어린 아이가 하나 있을 거다."

"그런데?"

"데려와라."

펜릴의 당당한 요구에 그들의 얼굴에 당혹감이 물들었다.

마체테를 들고 목에 바짝 갖다 대고 있으니 안 데려오기도 뭐했다.

"그, 그렇게 해. 제발."

남자가 간곡히 부탁하자 한 남자가 뒤로 나가 칸을 데리고 왔다.

"아이를 먼저 보내라."

"개소리."

"네 부하들이 헛소리를 하는데."

펜릴이 마체테로 목을 살짝 그었다. 피가 뚝뚝뚝 칼을

타고 떨어져 내린다.

"이 다음엔 목젖을 베겠다. 그러면 평생 말을 못할 거다."

"으아악, 알았어. 알았다고, 제발 부탁이야. 아, 아이부터 보내줘."

결국 칸은 뜀걸음으로 펜릴이 있는 곳 까지 왔다.

그간 얼마나 고초가 심했는지는 얼굴만 봐도 알 것 같았다.

"먼저 나가있어라."

펜릴의 말에 칸이 고개를 끄덕였다.

끼익, 쾅.

칸이 사라지자 펜릴은 마체테를 풀고 남자를 앞으로 보냈다.

남자는 자신의 목을 한 번 쓰다듬고는 펜릴을 노려보았다.

그러자 다들 작정이라도 했다는 듯 검을 하나씩 뽑아 들었다.

이곳에 있는 남자들 전부가 링커였다면 사실 상대하기 힘들었을 거다. 근데 처음에 봤던 3명을 제외하고는 링커는 없는 것 같다. 자신의 링커가 잡혀 왔다는 건 상대방도 링커 이상의 실력자라는 얘긴데, 그 자를 앞두고 칼만 뽑는 멍청한 녀석들은 없을 테니까.

'차라리 잘됐다.'

어차피 이들을 살려둘 생각은 없었다.

이곳에서 그들이 살아남는다고, 개과천선한 채로 사람답게 살아갈까?

아니, 그건 틀렸다.

인간의 본성은 변하지 않는다.

오늘 일은 새까맣게 잊고 살아갈 거다.

"나는 사냥꾼이다."

펜릴은 곤조와 블랙 맨티스를 각성시켰다.

"그리고 너희들은 동물이다."

사냥꾼이 되면서 철저하게 깨달았다.

'여지를 남기지 마라.'

그것이 마수든, 몬스터든, 동물이든, 사람이든.

"끄아악!"

펜릴에게 협박 받은 남자도 다시 각성을 시켰다. 펜릴은 그 남자의 다리부터 베어버렸다. 그 남자의 마수는 결국 가까이 가지 못하면 아무 소용도 없다. 다리가 베였는데 마수를 운용이나 할 수 있겠나.

키에에엑—

마수들이 운다.

"쳐, 저 놈을 죽이라고!"

강철도 베어버리는 손톱이다. 그런데, 그깟 검 하나 베지 못하겠는가.

이게 링커의 힘이다.

진짜, 링커의 힘.

펜릴은 철저하게 목숨을 끊어 버리고 마수들을 도로 집어넣었다.

옷에 피가 묻었기 때문에 적당한 옷을 골라 갈아입고, 샤워까지 하고 그 집을 나왔다.

"아저씨."

바깥에서 기다리던 칸이 펜릴을 부른다.

펜릴은 칸의 머리를 쓰다듬고는 말했다.

"가자."

◆

달그락, 달그락—

칸이 돌아오자 아이들은 식사를 시작했다. 이 여관에 모든 음식을 모두 먹겠다는 듯 거침없이 먹어치웠다. 이들에겐 험난한 날이 아직도 많이 남아 있다.

펜릴은 아이들과 아침을 함께 하고 자리를 털고 일어났다.

"아저씨."

칸을 비롯해서 아이들이 펜릴을 쳐다본다.

"왜?"

"고마워요."

펜릴은 멋쩍게 웃었다.

"별로."

칸 덕분이라고 할 순 없어도 칼루스의 이면을 철저하게 경험할 수 있었던 시간이다. 더군다나 생각보다 링커들 싸움에서 얻은 것도 많다.

펜릴은 음식값을 지불하고 여관을 나왔다.

몸이 피곤하기는 하지만, 오늘 부터 시작이다.

펜릴은 걸음을 길드로 옮겼다.

'검은숲……'

몬스터

monster link

짐꾼

링크

NEO FANTASY STORY

짐꾼
monster link

"자네한테는 정말이지 미안하네."

펜릴은 길드 앞에서 부지런히 움직이는 짐꾼들 사이에서 고개를 내저었다.

"괜찮습니다."

"멜프레님 볼 낯이 없구만."

길드장은 펜릴의 어깨를 두들겼다.

"아무래도 이민족 길잡이가 인원 제한을 요청한 것 때문에 귀족들이 길드의 인원까지도 손을 댔네. 그 과정에서 자네에게 줄 수 있는 자리가 결국 짐꾼 말고는 없더군."

검은숲은 이민족들에게는 결국 성지다.

성지에 출입하는 데 분명히 정해진 규율이 있다는 것은

당연하다. 숫자가 대폭 축소되면서 전투 요원인 용병들과 기사들의 숫자는 늘고, 비전투요원인 상인 길드원들의 숫자가 대폭 줄었다.

"자리가 있는 것만으로도 만족합니다."

길드장은 괜히 한숨을 내쉬었다.

"에휴! 일단 어떻게 될지 모르지만 나중에라도 편한 자리로 올려 주겠네. 만약 도움이 필요하다면 나에게 언제든지 얘기하게."

멜프레랑 알고 지낸다는 것만으로도 편의를 봐준다.

이런 저런 이유로 펜릴의 동석 때문에 꽤나 자리를 만드는 게 어려웠을 거다.

길드장은 그 얘기를 하고 자리를 떴다.

한 달이 넘는 장기간 여정을 떠나게 되니 아무래도 책임자로써 준비하고 확인해야 할 것들이 많았다. 펜릴만 붙잡고서 있을 수는 없는 노릇이다.

"어이, 거기. 멀뚱히 서있지만 말고 좀 도와주쇼."

길드의 인원을 대폭 줄였기 때문에 그만큼 남은 사람들의 일이 과중되었다. 그런데 펜릴이 손님이라는 이유로 또 빠지게 된다면 그만큼 과중된다. 길드와 전혀 상관없는 몸이라면 무시할 테지만 그것도 아닌 처지라 펜릴도 남자의 손짓에 따라 짐을 부지런히 옮겼다.

피곤하기는 하지만, 아침부터 몸 쓰는 일을 하니까 기분

만큼은 꽤나 상쾌하다.

한 참을 그러고 있을 때, 익숙한 얼굴 몇몇이 다가왔다.

"하하핫! 뭐요, 펜릴! 오늘부로 상단에 취직한 거요? 힘 꽤나 쓰게 생기지는 않았는데?"

한스의 놀림에 펜릴이 피식 웃었다.

"이런 저런 이유로 짐꾼으로 참가하게 되었습니다."

"어울리진 않아 보이는군."

던컨의 말에 펜릴이 고개를 내저었다.

"뭐, 이러쿵저러쿵 따질 수는 없으니까요. 링커가 이 그룹에 참여할 수 있는 방법은 이거 하나뿐이고."

실제로 많은 링커들이 귀족들에게 청탁해서 들어가려고 수작을 부리기도 했다. 그런데, 이민족 길잡이의 인원조정 때문에 그들은 결국 성공하지 못했다.

목숨이 위험천만한 곳으로 들어가는 데 아무래도 생판 모르는 링커들 보다는 나를 지켜줄 기사 하나 더 집어넣는 게 귀족들에게는 아무래도 안심이 가는 부분이었다.

켈리가 주머니에 손을 넣고 한마디 했다.

"저는 어제 돌아오지 않기에 도망간 줄 알았어요."

"이유가 있었어요."

던컨 용병단은 그런가보다 하고 그냥 고개를 끄덕였다.

용병들이라면 말 못할 사정은 다 하나씩 가지고 있었다.

그것이 비록, 용병이 아닌 외인이라도 말이다. 그 정도 이해하는 건 별 것도 아니다.

"핫하! 뭐, 그럼 수고 하쇼! 아무래도 길드의 보급품은 후방에서 이동할 확률이 높으니 자주 만나지는 못하겠군."

최전선에서 싸우고 길을 뚫는 용병들과는 달리 보급부대는 안전이 최우선이다. 펜릴도 정신없는 전방보다는 차라리 후방이 낫다고 생각하는 편이다.

"형, 여기요."

벨은 여관에 있던 펜릴의 짐들을 모조리 가방에 담아왔다.

펜릴은 중요한 물건들은 죄다 소지하고 있기 때문에 늦을 까봐 여관으로 가지 않고 곧바로 길드로 왔다. 그 바람에 벨이 오면서 이것저것 펜릴의 물건을 챙겨온 듯했다.

"고맙다."

"그럼, 나중에 뵐 수 있으면 봐요."

최전방에 속한 용병이라고 아무 것도 준비 없이 움직이는 건 아니다. 그들도 짧은 인사만 마치고 앞으로 이동했다.

펜릴은 나머지 짐들을 옮기고 옷을 길드의 짐꾼처럼 완전히 바꿔 입었다. 괜히 남들 이목에 튀어서 좋을 것도 없고, 위험한 곳이니 만큼 아무래도 통제에 따르는 게 맞다.

길드에 편성된 인원은 30명 정도.

길드장은 20명을 짐꾼으로 만들고 나머지는 길잡이 들

이나 의원, 그리고 무사들로 했다. 짐꾼들도 아무나 뽑지는 않았다. 무사만큼은 아니더라도 상단에서 제법 칼이나 각종 무기들을 사용할 줄 아는 자들로 꾸려졌다.

무사들의 숫자가 많지 않은 것은 보급부대를 호위하는 기사들이 이미 있기 때문이다.

검은숲에 들어가는 귀족들의 숫자는 3명이다.

자작 둘과 남작 하나.

후방부대를 지원하고 호위하는 역할을 하는 것은 '오르도 자작'이었다. 오르도 자작은 이번 임무에 50여명의 기사들을 끌고 왔다.

이민족의 길잡이가 요구한 인원은 총 300명이었다.

각 귀족들이 50여명의 기사들을 끌고 왔고, 길드를 제외하고는 나머지 인원은 용병들로 대부분 주를 이루었다.

가벼운 차림으로 나타난 오르도 자작은 길드장과 여러 이야기를 나누었다. 아무래도 보급과 그리고 호위에 대해서 의견을 나누는 모습이었다.

펜릴은 그 모습을 유심히 지켜보았다.

제법 탄탄한 기도를 보이고, 허리춤에 있는 검 한 자루가 제법 날카로운 힘을 뿜어댄다. 일반 대장간에서는 구입할 수 없는 고가의 검이다.

걸음걸이가 군더더기 없고 걸음 하나하나가 최고의 효율을 보이며 체력 저하를 막는 것이 습관처럼 잡혀 있다.

표정에도 큰 변화는 없다.

나이는 30대 중반처럼 보이는 데, 펜릴은 그 보다 더 먹었을 거라 여겼다.

저 남자는 마나연공법을, 그것도 상급 이상의 품질을 가진 것을 익혔을 거라 생각이 들기 때문이다. 어쩌면 라크가 빌려준 마나연공법 보다도 좋을 지도 모른다는 생각이 들었다. 귀족들 중에서도 기사 집안 출신에서나 볼 수 있는 마나연공법이다.

'나쁘지는 않군.'

다른 귀족들을 본 것은 아니지만, 공적인 일 외에는 크게 부딪힐 일은 없어 보인다. 자작 스스로가 저리 강한 힘을 뿜어대는 기사라면, 그가 데리고 있는 기사들도 마찬가지다.

이건 길드입장으로써나, 그리고 펜릴의 입장으로써나 매우 만족스럽다.

기사들이 강하고 규율이 제대로 잡혀있으며 자신의 역할만 제대로 수행한다면 이번 원정의 성공 확률은 분명히 높아진다.

'그런데, 뭔가 이상한데…….'

저렇게 뛰어나 보이는 자작이 후방으로 내려왔다.

'대체 왜?'

그렇다면 이 앞에는 얼마나 뛰어난 귀족들과 기사들이

자리를 잡고 있다는 얘긴가.

머리가 복잡해진 펜릴은 머리를 긁적였다. 그 사이에 준비가 끝난 원정대가 조금씩 움직이기 시작했다.

"출발!"

드디어 칼루스에서 300명이나 되는 거대한 인원들이 검은숲으로 이동했다.

검은숲은 칼루스와는 그렇게 먼 거리는 아니다.

하지만, 제국 땅에서 벗어나 본격적인 이민족들의 땅으로 들어가는 거다.

그간 제국은 이민족들과 숱한 전쟁을 벌이면서 이민족 땅의 많은 부분을 지도로 만들고 또 벗겨냈다. 하지만, 검은숲의 존재는 알아도 위치까지는 정확히 알지 못했다.

이민족의 성지.

길잡이들은 이들이 이민족들과 맞부딪히지 않게 길을 여러 경로로 움직이며 이동해야 했다. 괜히 이민족들과 분쟁을 일으켜서 전투를 벌일 필요는 없었다.

이민족 길잡이들은 3일째 되는 날, 한 커다란 돌산에 도착했다. 바위틈에 손을 넣고 팔을 아래로 내리니 거대한 소리와 함께 돌산이 움직였다.

쿠쿠쿵-

그 모습에 제국원정대는 입을 쩌억 벌렸다.

"크으. 이민족들은 제국인들이 상상도 못할 뛰어난 기

술을 가지고 있다더니."

빈 말이 아니었다.

대륙에서 유일하게 제국에 굴복하지 않은 곳은 북방의 이민족들 밖에 없다.

그들은 소수의 인원으로도 제국의 기사들이나 마법사들을 상대로 전혀 밀리지 않았다. 수십 년 간의 전쟁 속에서도 제국이 엄청난 피해를 입고 유일하게 수복한 땅은 칼루스에 지나지 않다.

돌산이 움직이고 거대한 동굴이 나타났다.

길잡이들은 손짓으로 원정대에게 출입을 허가했다.

동굴에 진입하자 스산한 바람이 불어와 일행을 긴장시켰다.

시간이 지나자 뒤에 있던 동굴의 입구가 닫히기 시작했다. 지금 부터는 자기가 원한다고 돌아갈 수도 없었다.

동굴의 끝에 다다를 때 쯤, 강력한 햇빛이 원정대를 마주했다.

"숲이다."

정말 신기하게도 동굴의 끝에는 숲이 위치했다.

누구나 예상하는 푸르른 숲이 아닌, 말 그대로 검은숲.

하늘을 제외하고는 땅도, 나무도 색깔이 검은 그런 숲이었다.

펜릴은 고개를 치켜들며 하늘을 올려다보았다.

여기저기서 짙은 마수의 냄새가 코끝을 찔렀다.

'드디어 왔다.'

◆

"빌어먹을. 덥단 말이다. 물 가져와라, 물!"

괴상한 날씨다.

이틀 전만 해도 옷을 두껍게 입어도 스며드는 한기 때문에 동상환자들이 생겨났는데, 오늘은 언제 그랬냐는 듯 내리쬐는 햇볕 때문에 죄다 수통이 말라 들어갔다.

검은숲에 들어온 지 삼일 째.

아직까지 마수는 단 한 번도 마주치지 않았는데, 날씨 때문에 원정대 대부분이 이미 의지를 잃어갔다.

"물이 다 떨어졌습니다."

네로 자작의 말에 지척에 있던 기사, 클라인이 대답했다.

"뭐야? 그럼, 후방부대로 가서 물을 보급해오면 되는 일 아니냐! 빨리 빨리 다녀오너라!"

"보급부대의 사정도 마찬가지입니다. 이렇게 물을 오래동안이나 구하지 못할 거라곤 예상하지 못한 듯 합니다."

물은 용량이 크고 무게가 무겁다. 30명의 제한 된 길드 인원으로는 300명이 한 달간 마실 수 있는 물을 가져온다는 건 사실 무리다. 그래서 대부분 각자가 실을 수 있는 만큼 물을 가져오기로 했는데, 검은 숲에 들어온 지 삼일 만에 물이 다 떨어졌다. 숲이기 때문에 물길을 금방 찾을 수 있을 거라 생각했던 탓이다.

네로는 들고 있던 수통을 그대로 바닥에 내팽개쳤다.

"빌어먹을, 그거 하나 똑바로 못해 가지고. 지금 당장 보급부대의 길드장을 데려와라! 놈의 면상을 구겨놓지 않으면 내 화가 풀리지 않겠다."

클라인은 네로 자작을 모신 게 20년이 넘어간다. 네로 자작에게 검을 가르친 게 그다. 이런 모습을 워낙 자주 봤기 때문에 클라인은 조용히 한숨을 쉬었다.

"그만, 됐다. 형님! 제가 물이 조금 남았습니다요. 이거 마시고 화 좀 푸시지요."

네로의 옆에 있는 젊은 남자가 수통을 건네주었다.

그는 네로 자작의 사촌인 카를로스 남작이다.

둘은 나이가 비슷해 어릴 적부터 어울려 다녔다.

네로는 수통을 빼앗듯이 가져가더니 남은 수통의 물을 모두 비워냈다. 카를로스는 아깝다는 듯 입맛을 다셨지만, 입 밖으로는 말도 꺼내지 않았다.

"이걸로는 목도 제대로 못 추기겠다."

네로는 잠시 고민을 하더니 옆에 있던 클라인을 불렀다.

"클라인."

"예, 주군."

"통역과 함께 이민족 길잡이 하나를 데리고 와라."

"알겠습니다. 주군."

클라인은 오와 열을 이룬 원정대를 가로 지르며 맨 앞으로 달려 나갔다.

잠시 후, 원정대가 멈추고 길잡이 하나가 네로 자작의 앞에 나타났다. 머리카락은 없고 머리에 문신을 했는데, 피부는 까무잡잡한 것이 인종 자체가 제국인 과는 많이 달랐다.

네로는 그가 나타나자 천으로 코를 막고 인상을 구겼다.

"그만, 그만 다가오라 일러라. 냄새가 너무 심해 말을 제대로 못하겠다."

그러자 클라인이 가운데 서서 그를 한 발자국 뒤로 물러냈다.

길잡이는 눈을 찡그리더니 네로 자작을 향해 무언가 입을 열었다.

네로는 길잡이 옆에 선 중년 남성을 향해 물었다.

"뭐라더냐?"

"무슨 일로 자기를 불렀냐고 묻습니다, 자작님."

"흠. 원정대가 힘들어하는 것 같으니 지금 당장 물을 구해야 겠다고 일러라. 이곳에서 제일 가까운 곳으로 안내하

라하면 되겠지."

"알겠습니다."

통역은 길잡이를 향해 이민족의 언어를 사용해가며 이야기를 했다.

"그리하겠답니다, 자작님."

"좋다."

길잡이가 다시 앞으로 이동하자, 옆에 붙어 있던 카를로스가 한 마디 했다.

"아무래도 형님이 원정대를 생각하는 마음이 저놈의 마음을 움직인 것 같습니다."

네로가 코웃음을 쳤다.

"이것 가지고 뭘……."

아닌 게 아니라, 이민족 길잡이들은 네로 자작의 말을 며칠 간 이미 무시해버리기 일쑤였다. 자기는 길잡이로써의 역할만 부여받았지 명령을 자신에게 할 권리는 없다는 얘기만 했다.

그 때문에 네로 자작이 분노를 했으나 옆에 있던 카를로스와 클라인이 뜯어 말려 화를 진정시킬 수 있었다.

"어찌됐든 저 녀석은 이번 원정이 끝나는 즉시 목을 내 손으로 쳐버려야겠다. 감히 건방진 이민족주제에……."

전쟁이 벌어진 건 수 십 년 전인데, 아직도 제국과 이민족들 사이에서는 묘한 신경전이 벌어진다. 특히나 제국인들은 대륙의 중심이 자신들이라고 여겨 타국가를 비롯하여 이민족들을 굉장히 무시하는 경향이 있었다.

특히 이민족의 힘을 제대로 알지 못하는 젊은 귀족들이라면 더욱 그 성향이 컸다.

"뭐, 그럴 것까지야 있겠습니까? 저 녀석도 이번 원정이 끝나면 형님이 어떤 사람인지 뼈저리게 느낄 겁니다. 고귀한 형님 손에 피를 묻힐 필요는 없지요."

카를로스의 말에 마음이 조금 풀린 듯 네로가 고개를 살짝 끄덕였다.

"흠, 뭐 그렇긴 하지."

"이번 원정만 성공한다면 황제 폐하의 치하는 물론이고, 무지한 백성들 까지도 형님을 칭송할 겁니다. 오르도 자작이 폐하의 총애를 받고 있다 한들, 후방에나 있는 이상 뭘 할 수 있겠습니까."

네로는 고개를 뒤로 돌렸다.

"같이 있으면 짜증만 나는 놈이야. 우연히 폐하의 눈에 들어 귀족이 된 놈이 감히 나랑 맘먹으려 들다니. 이 기회에 저놈도 죽어버렸으면 좋겠는데."

카를로스가 맞장구를 쳤다.

"맞습니다. 형님. 뭐, 기회가 설마 없겠습니까?"

"죽을 때 죽더라도 그 전에 저놈이 당황하는 모습을 좀 보고 싶은데……"

오르도 자작의 제국내 평가는 완전한 냉혈한이다.

평민 출신 기사로, 이민족과의 전쟁에서 황제의 눈에 들어 자작이 되었다. 그만큼 여전히 황제의 총애를 한 눈에 받고 있으며, 제국내 중요한 임무는 대부분 오르도 자작의 손을 거쳐 갈 정도다.

어떤 상황에서도 크게 표정 변화가 없으며 회의장 내에서도 큰 소리를 칠 줄 알고 작위가 자기보다 높다 한들 오르도 자작의 싸늘한 말투를 피해갈 수가 없었다.

평민 출신이기 때문에 귀족의 생리를 모른다고 여겨 세간의 평가는 그렇게 좋지는 못했다.

네로는 그런 오르도의 철면피를 완전히 벗겨보고 싶은 마음이 드는 것은 당연했다. 특히 평민출신이 자기와 함께 똑같은 신분으로 이번 원정대에 참여했다는 생각이 드니 더욱 열이 받았다.

"방법이 없지는 않을 것 같습니다요, 형님."

카를로스의 은밀한 발언에 네로가 귀가 번쩍 뜨였다.

"그래?"

"알다시피 보급부대는 속도가 느리지 않습니까? 특히 수분보충도 제대로 되지 못해 피로도 누적되었을 겁니다. 길잡이에게 일러 우리가 속도를 높인다면 따라나 올 수 있겠습니까?"

걷거나 말을 타는 전방 부대와 달리 후방 부대는 전부

짐마차다.

검은숲에서 눈앞에 있던 전방부대가 순식간에 자취를 감춘다면 분명 오르도의 얼굴이 흑빛으로 변하리라.

"큭큭, 제법 좋은 장난이구나."

"뭐, 운이 좋다면 마수를 만나 죽어버릴 수도 있고 말이지요."

"좋다. 통역에게 얘기해 길잡이에게 속도를 높이라고 일러라."

"예, 주군!"

대기하고 있던 클라인이 명령을 받고 앞으로 사라졌다.

길잡이는 처음에는 어리둥절한 표정을 지었지만, 물이 급한 기사들이 많다고 얼버무리자 고개를 끄덕였다.

길잡이가 속도를 높이자 뒤따르던 기사들이나 용병들도 저절로 속도를 높였다.

"이랴."

네로는 타고 있던 말의 엉덩이를 더욱 거세게 찼다.

말이 깜짝 놀라 앞으로 뛰어나갔다.

그런 와중에 네로는 고개를 뒤로 돌렸다.

"이곳에서는 오르도, 그놈의 얼굴이 제대로 보이지 않는 게 아쉽구나."

"소, 속도를 높입니다."

길드장은 다소 당혹스러운 얼굴로 오르도 자작의 얼굴을 쳐다보았다.

"우리는 이대로 간다."

"예?"

소문만큼이나 냉혈한이다.

전방부대와 떨어져 고립된다면 병력의 숫자가 적은 보급부대는 마수의 공격을 버틸 수 없다. 이민족의 길잡이들은 항시라도 보급부대가 뒤쳐지지 않게 자기들이 알아서 속도를 조절했다.

머리 좋은 마수들은 숫자가 많은 침입자들에 대해서는 공격을 자제하는 성향이 있기 때문이다. 이렇게 부대가 갈라진다면 때를 노리던 마수들이 어떻게 반응할지 상상할 수도 없다.

그런데, 오르도는 한 치의 당혹감도 없었다.

애초에 네로 자작과 카를로스 남작이 같이 온다고 했을 때, 어느 정도 예상했던 일이다. 둘은 귀족들의 세계에서도 아주 유명한 작자들이다.

네로는 공작인 아버지를 두어 건방지기 이를 데 없고, 그의 사촌인 카를로스는 네로와 어울리고 다니며 갖은 사건 사고를 만드는 장본인들이었다.

"지금부터 경계태세에 들어간다. 길잡이들은 앞선 부대의 발자국을 따라 움직여라. 이곳은 검은숲이다. 어떤 현상이 일어날 지 아무도 모른다. 재빠르게 쫓아야 할 거다."

"네."

길드에서 데려온 유능한 길잡이 들이 뿔뿔이 흩어졌다.

앞선 부대가 시끄러운 소리를 내며 사라졌다.

그 소리를 들은 마수들이 나타날 가능성이 크다.

길잡이들은 먼저 앞서나가며 흔적을 찾고, 마수들의 매복이나 혹은 공격 등을 미리 알린다.

길잡이들은 수시로 오르도에게 보고를 했다.

펜릴은 가라앉은 분위기에 말도 못하는 짐꾼들 사이에서 주변을 둘러보았다.

'귀족들의 사이가 그다지 좋지는 못한가 보군.'

그렇지 않다면 최우선적으로 보호해야 할 보급부대를 내팽개칠 이유가 없다. 이런 고립된 지역에서 보급품의 역할이 얼마나 중요한 지 깨닫지 못하는 철부지 지휘관들이라는 얘기다.

공과 사, 두 가지를 따로 떼어 놓지 못하고 한 가지로 생각하는 철부지 귀족들 말이다.

그래서 경험이 중요하다.

경험의 차이가 임무의 성공과 실패의 사이에서 추를 성

공 쪽으로 기울 수 있게 만든다.

'그나저나 정말 이상한데.'

검은숲의 초입이라고는 해도 무려 3일 동안 마수란 마수는 단 한 번도 마주치지 못했다. 정말 이곳이 이민족들이 두려워하던 곳이 맞나 싶다.

짐꾼이라는 신분만 아니라면 발목을 각성시켜서 이 주위를 한 바퀴 둘러보고 싶다. 적어도 흔적을 본다면 마수의 영역정도는 충분히 알아볼 수 있기 때문이다.

지금은 바로 옆에 눈을 부라리는 기사들로 인해 괜한 의심을 사고 싶은 생각은 없다.

펜릴은 갑작스레 오한이 들었다.

공기가 차갑기 변했기 때문이다.

"아, 안개다……."

갑작스런 기후 변화에 짐꾼들이 주변을 두리번거렸다.

옅은 안개가 점점 짙어지자 길드장이 오르도를 향해 말했다.

"안개가 너무 짙습니다. 어떻게 합니까?"

"일단 모든 길잡이들을 불러 들여라. 이런 운무속에서는 정찰이 필요 없다."

안에서 바깥을 볼 수 없듯이, 바깥도 안을 볼 수가 없다.

근거리에서 바닥을 보며 속도를 죽이고 흔적을 찾는 게 가장 우선이다.

오르도는 침착하게 이런 상황속에서도 최선의 지시를 내렸다.

풍부한 전쟁 경험 속에서 나오는 신속하고도 정확한 명령이다.

"길잡이들이 돌아올 때 까지 기다린다. 그때, 다시 움직인다."

"예."

이민족 길잡이들은 후방부대에는 없다.

지금 있는 길잡이들은 길드에서 데려온 제국인들이다.

안개속에서 길을 잃으면 전방부대까지 찾아갈 방법이 없다.

길잡이들은 이 안개속에서 유일한 눈이 되어줄 사람들이다.

그런데, 아무리 기달려도 길잡이 들이 돌아오질 않았다.

길잡이들을 찾으러 나간 기사 몇 명도 안개속에 파묻혀 완전히 사라졌다.

"난감하군."

검은숲에 들어온 지 삼일 째.

오르도의 표정에 조금 변화가 생겼다.

또 그들을 찾자고 더 이상 기사들을 잃을 수는 없다. 일단 안개가 걷힐 때 까지 움직이지 않다가 찾으러 나서는 게 옳다.

하지만, 안개가 쉬이 걷힐 것 같지는 않았다.

◆

"하하하."

네로는 웃음이 끊이질 않았다.

카를로스는 자랑스러운 듯 네로에게 물었다.

"어떻습니까, 형님?"

"당황할 놈의 얼굴이 눈에 선하구나. 이제 됐다. 하하
하, 이제 조금 속도를 줄여도 좋겠구나."

속으로야 오르도가 죽어버렸으면 좋겠지만, 보급부대를
버릴 수는 없는 노릇. 적당히 약만 올리고 말 생각이었으
니 네로는 말의 속력을 줄였다.

"미친놈이로군."

그런 둘의 모습을 바라보고 있던 던컨은 고개를 내저었
다.

제국내에서 네로 자작의 이름은 제법 알려진 편이다. 아
무래도 아버지가 공작이니, 그의 이름은 자연스레 아버지
의 명성에 여러가지 이야기를 생산시킬 수밖에 없다.

귀족들이야 네로 자작의 성격을 잘 알지만, 평민들은 다
르다.

그간의 평가를 볼 때 네로나 카를로스는 영지민을 위해

헌신하고 엘리트 같은 이미지가 물씬 나는 편이었다. 적어도 첫인상까지는 그러했으나 며칠 같이 지내는 동안 용병들 사이에서는 불만이 터져 나왔다.

특히 방금 전처럼 후방보급부대를 완전히 버리고 달아나는 행위는 도저히 이해할 수 없는 행동이었다.

공을 위해서는 배신도 할 수 있고, 권력을 위해서는 부모자식도 없다는 것이 귀족의 생리라는데 그것은 목숨보다 중요한 것이 없다 여기는 용병들의 생리와는 차원이 달랐다.

"대장, 그냥 이러고 있을 거요?"

한스가 대열을 살짝 이탈해 던컨에게 다가왔다.

기사가 잠시 눈을 부라렸으나, 용병들이 군인들처럼 각을 맞춰 대열을 이룰 필요는 없었다.

"그럼?"

"아니, 말이라도 해야 되는 거 아뇨. 저러다 후방부대라도 끊기면 저기만 죽는 게 아니라 우리도 다 죽는 거요. 3일 동안 토끼 한 마리 봤수?"

사람이 어찌 물만 먹고 살 수 있단 말인가.

물도 떨어진 이 마당에 300명이 먹을 만한 음식은 후방부대 짐마차에 실린 것들밖에 없다.

다만, 던컨의 표정은 생각보다 심각하진 않았다.

그냥 귀족들의 장난을 이해 못할 뿐이다.

"거리가 생각보다 멀리 떨어진 건 아니다. 오르도 자작이 어떤 사람인지는 정확히 알 수 없지만, 황제의 총애를 받는다고 들었다. 게다가 길잡이들이 멍청하지 않은 이상 200명이 넘게 움직이는 데 흔적하나 못 찾는 다는 거야 불가능하지."

켈리가 한 마디 거들었다.

"대장 말이 맞아. 그냥 이건 저 귀족들의 단순한 장난에 불과해. 이런 걸로 괜히 귀족들과 반목해서 좋을 건 없어."

"……."

맞는 얘기다.

굳이 귀족과 반목해서 좋을 건 없다. 긁어 부스럼을 만들어 위험을 자초할 필요는 없는 거다. 한스는 괜히 신경 쓰이는 듯 뒤를 돌아보았다.

후방부대만 걱정하는 건 아니다. 그 안에는 펜릴도 있다.

사실 펜릴을 생각하면 그렇게 신경 쓰이는 일도 아니다.

펜릴은 칼루스로 오는 길을 부상자를 하나 데리고 가장 빠른 루트를 찾아 안내했다.

지도를 보거나 지형지물을 이해하는 능력은 사냥꾼 출신인 펜릴이 켈리보다도 뛰어나다. 그곳에 위치한 길잡이들도 펜릴의 위라고 생각하진 않는다.

"저것 봐, 강이다."

그때, 벨이 손가락을 들어 올려 한쪽을 가리켰다.

던컨 용병단은 물론이고 대부분의 수통에는 물이 죄다 말라 들어갔다.

물소리를 듣자 대부분의 표정이 밝아졌다.

"비켜라!"

그때, 네로와 카를로스가 말의 엉덩이를 차며 강쪽으로 달려갔다.

네로에게 수통을 준 카를로스는 이전부터 이미 갈증상태를 호소했다. 그러거나 말거나 네로는 더운 날씨 때문에 물 생각이 간절했다.

"맑은 물이로다!"

얼굴이 비치고, 물 안은 바닥까지 보인다. 아무래도 인간이 살지 않는 땅이다 보니 물이 깨끗해 보일 수밖에 없다.

그들이 달려 나가자 갑자기 이민족 길잡이들이 뒤에서 소리쳤다.

그들의 말을 이해 못하는 네로는 짜증을 냈다.

"저런 미천한 놈이 감히 나에게 명령까지 내리는구나."

그러거나 말거나 네로는 물 위에 얼굴을 처박았다. 수통을 내던진 뒤라 그것 말고는 물을 마실 방법이 없었다. 카를로스는 수통에 물을 한 가득 담아 입에 가득 머금었다.

그때, 길잡이들과 뒤늦게 달려온 통역이 말했다.

"그, 그 물은 그냥 마시면 안 된답니다."

"푸읍!"

카를로스는 그대로 입 밖으로 뱉어냈다. 사례라도 걸린
냥 한참을 뱉어내더니 소매로 입을 스윽 닦았다.

"무, 무슨 소리냐!"

"이곳은 검은숲이라 보이는 것을 그대로 믿으면 화를
당한다고 합니다. 저것이 진짜 맑은 물일 수도 있지만, 인
간을 현혹하는 독일지도 모른답니다."

"뭐야?"

카를로스는 침을 몇 번 더 뱉고는 잊고 있었던 네로가
생각났다. 고개를 돌리자 여전히 네로는 물 위에 얼굴을
처박고는 올라오지 않았다.

"혀, 형님!"

카를로스는 당장 달려가 네로를 물 밖으로 꺼냈다.

하지만, 물을 삼킨 네로는 얼굴이 검게 변하기 시작했
다.

"의, 의사를 데려와라 당장!"

"의사는 지, 지금 후방부대에 있습니다."

그 말에 카를로스가 인상을 구겼다.

"빌어먹을."

◆

　"이곳에 오래 있을 수는 없습니다. 길잡이들을 포기해
서라도 일단 흔적을 되짚어가면서 전방에 있는 부대를 찾
는 게 옳은 것 같습니다."

　길드장의 조심스러운 의견에 오르도는 고개를 끄덕였
다.

　떨어져 있는 시간이 길면 길수록 좋지 못하다. 안개가
걷힐 때 까지 기다린다 하더라도, 걷히고 난 뒤 어떤 일을
겪을 지는 아무도 예상할 수 없는 곳이다.

　"좋다. 돌아온 길잡이 들이 있는가?"

　"없습니다, 주군."

　오르도 자작이 데리고 있는 기사단의 단장, 바스티안은
곧바로 보고를 했다.

　"이든과 체이스는?"

　길잡이들을 데리러 나갔던 기사들의 이름이다.

　"아직 복귀하지 않았습니다."

　"음."

　오르도가 침음을 삼켰다.

　그는 기사들의 얼굴과 이름을 모두 알고 있다.

　항상 마주치고 같이 훈련을 하는 사이이니 모를 레야 모
를 수가 없다. 이든과 체이스는 실력이 뛰어나고 몸이 날

래며 검술 뿐만 아니라 추적술에도 일가견이 있다. 때문에 길잡이들을 찾으러가는 후보들 중 그들이 뽑힌 거다.

오르도에게 있어 그들은 영지의 귀중한 인재들이다. 인재 둘을 순식간에 잃었을지도 모른다는 생각이 들자 입안 어딘가가 쓰다.

"능력이 있는 자들입니다. 주군이 움직인다면 그들도 이해하고, 곧바로 따라올 겁니다."

바스티안도 크게 표정변화가 없다.

그는 과거 오르도가 평민이었던 시절부터 여러 전쟁에 함께 참가하며 이름을 날렸다. 이런 일은 다반사다. 고작 짙은 안개 때문에 돌아오지 못할 놈들이라면 기사로 취부하지도 않을 만큼 강인한 남자이기도 하다.

"나는 그들을 믿는다. 일단, 안개를 방패삼아 조금 더 빠르게 움직인다. 큰 소리를 내도 안개가 우리의 위치를 가려줄 것이다. 바스티안 경은 기사들 중에 추적술에 일가견이 있는 자들을 뽑아 추적을 개시해라."

"예, 주군."

길드에서 데려온 길잡이들이 복귀하지 못했으니, 기사들 일부가 뽑혀 나왔다.

이든과 체이스만큼은 아니더라도 기사들 대부분이 추적술 정도는 할 줄 안다. 기사들이라고 검이나 방패만 쓸 줄 안다고 생각하면 큰 오산이다. 젊고 온실의 화초처럼 검술만 배운 기사들이라면 그럴 수 있지만 바스티안이나 오르도처럼 전쟁경험이 풍부한 기사들은 가진 능력들이 다르다.

추적은 물론이고, 다룰 줄 아는 무기들이 두세 개는 되고 병사들처럼 텐트를 치거나 식사 준비를 하는 것도 큰 무리가 없다.

이가 없으면 잇몸으로 대신해서라도 싸우는 게 결국 전쟁이다.

"길드장은 짐꾼들을 독려해라. 힘들어도 참아야 한다."

"알겠습니다."

길드장은 일일이 짐꾼들을 찾아가 얘기를 했다.

짐꾼들도 고개를 끄덕였다.

하지만, 그들이 예상했던 대로 추적이 빨라졌던 건 아니다.

아무래도 추적술을 전문적으로 하는 자들이 아니기 때문에 신중에 신중을 가하다보니 속도가 그만큼 느려졌다. 오히려 짐꾼들도 답답해할 지경이었다.

다만, 겉으로 내색을 하지는 않았다.

짐꾼들도 이 기묘한 분위기에 모두들 입을 다물고 있기 때문이다.

하지만, 기사들의 추적술에는 한계가 찾아왔다.

"흔적을 놓쳤습니다."

오르도는 그들을 탓하지 않았다.

"되돌아가서 흔적을 되짚는다면 제대로 찾을 수 있겠느냐?"

"죄송합니다. 안개 때문에 시야가 제대로 확보되지 않아 불가능할 것 같습니다."

바스티안은 그들을 나무랐다.

"멍청한 놈들. 이것 하나 제대로 못한단 말이냐?"

"죄, 죄송합니다."

오르도는 그런 바스티안의 행동을 저지했다.

"됐다. 이런 상황속에서 제대로 추적하는 것도 쉬운 일은 아니다. 방법이 없겠느냐?"

"조금 더 앞으로 가봐야 할 것 같습니다."

그건, 길드장이 만류했다.

"안됩니다. 자작님. 그나마 이곳이 흔적과 멀리 떨어지지 않았습니다. 더 이상 멀어지면 되돌아올 수도 없습니다."

결국 이러지도 저러지도 못하는 상황에 갇힌 모양새다.

길드장은 분노에 찬 목소리로 주먹을 쥐었다.

"이게 다 네로 자작과 카를로스 남작 때문입니다."

"……"

귀족의 앞에서 귀족을 욕한다.

평민인 길드장이.

용서받지 못할 행동이지만 아무도 그의 말이 틀렸다고 지적하거나 잘못된 행동이라고 얘기하지 못했다. 모두 다 그렇게 느끼고 있기 때문이다.

애초부터 그들이 괴상한 장난질만 하지 않았어도 길드장은 소중한 길잡이들을 잃지 않아도 되었고, 오르도는 기사 둘을 잃을 필요도 없었다.

아직 마수와의 싸움은 시작도 하지 않았는데 인원손실이 생긴 거다.

크게 표정변화가 없는 오르도도 이미 분노를 느끼고 있었다.

하지만, 이곳 후방부대의 총책임자인 자신이 다른 사람이 보는 앞에서 그와 같은 행동을 겉으로 드러내서는 안 된다.

"오른쪽입니다."

그때, 펜릴은 손가락을 들어 안개의 한 곳을 가리켰다.

짐꾼차림을 하고 있는 갑작스런 펜릴의 등장에 오르도는 길드장을 쳐다보았다. 길드장은 당혹스러운 얼굴로 대답했다.

"지, 짐꾼이기는 합니다만."

그도 펜릴에 대해서 정확히 아는 건 아니다.

어디까지나 멜프레의 부탁을 들어줘 그를 이번 원정대에 참가시켰기 때문이다.

상급자와 귀족들간의 대화에 겁 없이 끼어든 짐꾼을 다른 귀족이라면 경을 치겠지만, 오르도는 평민 출신이다.

"왜 그렇게 생각하지?"

"이렇게 안개기 짙어 시야확보가 힘들 때는 오로지 추적해야 할 상대가 남긴 흔적만 찾아다니는 건 사실 어려운 일입니다. 오히려 여러 흔적이 엇갈릴 수 있어 신뢰 할 수 있는 정보도 아닙니다."

"그럼?"

펜릴은 숨을 한 번 고르고 대답했다.

"추적은 상대방이 남긴 흔적만 쫓는 건 아닙니다. 뛰어난 추적자들이 대상을 앞지르기 위해서는 그 대상이 어디로 향하고 있는 지 유추해야 합니다."

흔적을 쫓는다.

그건 결국 상대방의 뒤꽁무니만 쫓아다닌다는 얘기다.

실제로 추적술을 제대로 배우지 못한 사람들의 특징이기도 하다.

그건 결국 1차원적인 방법이다.

머리 나쁜 동물들고, 마수들도 누군가 자신을 추적하고 있다는 사실을 깨닫는다면 여러 가지 형태로 자신이 지나온 흔적들을 지우거나 혼란시킨다.

그럴 때 추적자들은 그 동물이나 마수가 어디로 향하고 있는 지 미리 생각하는 것이 좋다. 그래야 앞질러갈 수 있기 때문이다.

펜릴은 품 안에서 수통 하나를 꺼냈다.

"기사들 것과 비교를 해봤는데, 전혀 다르더군요. 아무래도 앞서 나간 귀족들 중 한 분이 버린 게 아닌가 싶습니다."

수통 하나다.

그런데, 그 수통 하나로도 많은 정보를 얻을 수 있다.

사냥꾼이라면, 특히나 마수사냥꾼이라면 아주 작은 정보도 놓치면 안 된다.

오르도는 흥미롭다는 듯 펜릴을 쳐다보았다.

"그래서?"

"물을 찾으러 간 겁니다. 후방부대 또한 물이 떨어지고 있으니 전방도 그렇게 다르지 않을 겁니다. 오른쪽에 물소리가 들립니다. 그곳에 간 것 같습니다."

그리고 펜릴은 입을 다물었다.

펜릴의 말에 따라 오르도도 바스티안도 감각을 집중시켰다.

그러자 희미하게 물이 흐르는 소리가 들려온다. 정말 집중하지 않으면 들리지 않을 만큼 작은 소리였다. 그들에게 마나연공법이 없었다면 결코 이 소리는 들리지 않았을 거다.

이제 오르도는 선택을 해야 한다.

흔적을 유추하는 건 정확한 결과를 이끌어 낼 수도 있지만, 결국 유추라는 건 가능성이다.

이 가능성이라는 무게의 추에서 펜릴이 제시한 수통과 의견은 어느쪽이 더 낫다고 추의 무게를 올려줄 뿐이다. 무거운 추가 정답이라고는 할 수 없다.

펜릴 뿐만 아니라 일행 전부가 조용해졌다.

이곳을 떠난다면 앞선 부대의 흔적을 놓칠 수도 있다는 위험성을 안아야 한다.

"단순한 짐꾼은 아니로군."

표정변화가 없던 오르도가 갑자기 살짝 미소를 짓는다.

"그저 별 볼일 없는 사냥꾼입니다. 몇 가지 재주를 지닌 것에 불과합니다."

"이름이 뭐냐?"

"펜릴이라고 합니다."

"좋다. 지금부터 이 후방부대의 길잡이는 펜릴이 맡는다."

펜릴은 고개를 살짝 끄덕였다.

"알겠습니다."

〈2권에서 계속〉